Petra Hahn-Lütjen (Hrsg.)

*Weihnachts**Stille**Geschichten*

von

Hanna Ahrens * Albrecht Gralle
Mathias Jeschke * Tanja Jeschke
Andreas Malessa *Gerrit Pithan
Eva Prawitt * Katrin Schäder
Karin Stoletzky * Jürgen Werth
Kai-Uwe Woytschak * Christoph Zehendner

BRUNNEN
VERLAG GIESSEN · BASEL

www.brunnen-verlag.de
Umschlagfoto: Stock-X-Change
Umschlaggestaltung: Olaf Johannson
Satz: DTP Brunnen
Druck: Ebner und Spiegel, Ulm
ISBN (10): 3-7655-3892-2
ISBN (13): 978-3-7655-3892-6

Inhalt

Gerrit Pithan

Die Stille der Sistina

„Ruhe, bitte Ruhe!", hatte Marcello wie schon so oft in das Mikrofon gerufen. „Silenzio!" Und tatsächlich, es wurde ruhiger. Aber plötzlich schaute er erstaunt um sich, denn es herrschte absolute Stille in der Sixtinischen Kapelle.

Die Touristen waren nicht etwas leiser geworden, sondern es war still, als hätte man mit einer Handbewegung am Radio den Ton abgedreht. Die Menschen drängten sich wie sonst auch, zeigten mit den Fingern, blickten mit Operngläsern zu Michelangelos Fresken und – redeten. Kein Zweifel, sie redeten. Aber Marcello hörte keinen Laut. Irritiert klopfte er mit seinem Finger auf das Mikrofon. Nichts. Er steckte einen Finger in sein rechtes Ohr und wackelte damit hin und her. Stille. Dann sah er seinen Kollegen Luigi, der ein paar Jugendliche von den Altarstufen verscheuchte.

„Luigi!", rief er. Kein Ton. Luigi beachtete ihn nicht. Aber nicht nur sein Kollege hörte ihn nicht, er selbst konnte seine eigene Stimme nicht hören. Marcello ging auf Luigi zu und zupfte ihn am Ärmel. Als sie die Sistina verlassen hatten, versuchte er ihm zu erklären, dass er nichts mehr hören konnte. Sein Kollege redete auf ihn ein, wie er an seinen Lippen sehen konnte. Marcello kramte einen Zettel aus der Innentasche seiner Uniform hervor und schrieb: „Ich kann nichts hören. Ich kann nicht sprechen. Hilf mir!"

Drei Wochen war das jetzt her, und der November neigte sich dem Ende zu. Carlotta, seine Frau, war mit ihm zum Arzt gegangen, der ihn gründlich untersucht hatte. Abschließend zuckte der Dottore mit den Schultern: Organisch war nichts zu finden. Seine Frau hatte geweint, bis sie sich sagte, dass sie stark sein müsse. Deshalb begann sie zu jeder Tages- und Nachtzeit Kamillentee zu kochen, denn Marcello müsse sich beruhigen, dann komme seine Gesundheit schon wieder.

Marcello war bis auf Weiteres krankgeschrieben, obwohl er sich bis auf Gehör und Stimme putzmunter fühlte. Es waren nur noch zwei Jahre bis zu seiner Rente, wie er seinem Vorgesetzten im Vatikan klarzumachen versuchte.

„Wir haben zwar hier einen guten Draht nach oben", schrieb dieser ihm auf, „aber auch wir müssen der Sorgfaltspflicht eines Arbeitgebers genügen."

Und nun lief Marcello Tag für Tag als Besucher durch die Säle der Vatikanischen Museen. Seine Kollegen grüßten ihn, und er grüßte zurück; mehr Kommunikation war ohne Zettel nicht möglich. Manchmal war er versucht, beim Grüßen an seine Uniformmütze zu tippen, bis er sich wieder schmerzlich bewusst wurde, dass er ungewohntes Zivil trug.

Wenn das Museum schloss, setzte er sich noch für eine Stunde in die menschenleere Sistina, in der alles begonnen hatte. Luigi hatte anfangs versucht, ihn davon abzuhalten. Da hatte er Luigis Hand genommen und ihm stumm in die Augen geschaut. Luigi waren die Tränen gekommen. Er umarmte ihn. Näher waren sie sich in all den Jahren vorher nie gewesen. Jetzt lächelte er, wenn Marcello am Ende des Tages die Sistina betrat.

Dann war Carlotta mit ihm zu einem Psychologen gegangen. Auch hier war die Kommunikation mühsam und das Ergebnis dementsprechend unbefriedigend. Ja, die Taubheit könne durch Stress ausgelöst worden sein.

Warum er dann auch stumm sei? Die körperlichen Reaktionen auf seelische Anspannung seien immer sehr individuell.

Heilungschancen? Man müsse Geduld haben. Manchmal heile sich die Natur selbst.

Und dafür musste man Geld zahlen! Die einzige spürbare Auswirkung dieses Besuches war, dass Carlotta von Kamille zu Fencheltee wechselte.

Am Abend nahm Marcello seinen Dienstschlüssel und ging in die Sistina, um sich zu erholen. In ihm brodelte es. Warum das? Warum mir? Was habe ich getan? Warum lässt Gott das zu?

Plötzlich öffnete sich eine Seitentür, und Kardinal Tateo betrat die Kapelle. Erstaunt blieb er stehen, als er Marcello dort sitzen sah. Es dauerte einen Moment, bis er in ihm auch ohne Uniform einen der dienstältesten Wärter erkannte.

„Marcello, was tun Sie hier um diese Zeit? Gehen Sie bitte, Seine Heiligkeit kommt gleich, um zu beten."

Marcello reagierte nicht.

Tateo fiel ein, dass er von der merkwürdigen Erkrankung des Wärters gehört hatte. Auch wenn der Vatikan die Zentrale einer Weltkirche war – bei solchen Themen waren die Bürger des Vatikanstaates eine Tratschgemeinschaft wie alle anderen menschlichen Gruppierungen auch. Tateo setzte sich und versuchte sich in einer pantomimischen Erklärung. Er hielt beide Hände in Form einer Mitra über den Kopf, ließ zwei Finger über seinen Handrücken wandern und faltete abschließend die Hände zum Gebet.

Marcello verstand und erhob sich, aber da betrat der Papst schon die Kapelle. Der Kardinal flatterte aufgeregt mit seinem Gewand und erklärte flüsternd dem Papst die Situation.

„Du kannst nicht hören und nicht sprechen, mein Sohn? – Wenn ich es recht bedenke, ein fast beneidenswerter Zustand. Vielleicht hat deine Erkrankung einen Sinn. Geh in die Sistina, wann immer du willst."

Er segnete ihn.

Kardinal Tateo geleitete Marcello hinaus und schrieb ihm hastig auf, was der Papst gesagt hatte. Dann eilte er zurück.

Marcello drehte den Zettel in der Hand. Erst Selbstironie, dann Segen. Was sollte er davon halten? Er faltete den Zettel und steckte ihn in sein Jackett.

Zu Hause fand er neben seiner besorgten Frau seinen Sohn Giovanni vor. Giovanni war seit zwei Jahren Priester in der Nähe von Siena.

„Mama, ich weiß gar nicht, was du hast", rief er. „Er sieht doch gut aus."

Marcello hatte den Eindruck, als spräche sein Sohn überdeutlich und viel zu laut. Er nahm seinen Notizblock: „Schrei nicht! Ich höre keinen Ton."

Angesichts dieser Nüchternheit schien sich die Anspannung von Giovanni etwas zu lösen. Carlotta brachte ihnen Milch.

„Die beruhigt", meinte sie und warf dann nur noch hin und wieder einen Blick aus der Küche auf *ihre Männer.*

Der junge Priester fragte seinen Vater aus, und dieser schrieb geduldig das Unerklärliche auf seinen Block. Nein, es war nichts Besonderes an diesem Tag oder davor geschehen. Nein, es waren nicht mehr Touristen als sonst in der Sistina gewesen. Nein, es war auch nicht lauter als üblich gewesen. Nein, er hatte auch nichts zu sich genommen, das ihm nicht bekommen wäre.

Beim Abendessen schüttelte Giovanni den Kopf und schrieb: „Du kommst mir vor wie der Priester Zacharias in der Weihnachtsgeschichte, dem im Tempel Ähnliches zustieß."

„Werde mir bloß nicht schwanger", rief er seiner Mutter zu, „du hast schon einen Giovanni! Ich mag allerdings weder Honig noch Heuschrecken."

„Jetzt bist du Priester und redest immer noch einen Blödsinn wie als kleiner Junge!", schimpfte Carlotta.

Marcello berührte Giovanni, bis dieser seine Bemerkung aufschrieb.

Ein Lächeln huschte über die Züge seines Vaters. „Wie kommst du darauf?"

„Übermorgen ist der 1. Advent", schrieb sein Sohn.

Sein Sohn reiste wieder ab, während Marcello wieder Tag für Tag durch die Säle des Museums wanderte. Anfangs war er dorthin gegangen, weil es für ihn Normalität und Routine darstellte. Doch das konnte er nicht durchhalten. Die Normalität war durchbrochen. Sein Sohn hatte nur gescherzt, aber der Scherz ging ihm nicht mehr aus dem Sinn. Sollte die Stille ein Zeichen Gottes sein wie bei Zacharias? Die Frage war absurd, aber es war eine Erleichterung, eine Alternative zur Krankheitsvermutung zu haben. Marcello überlegte, wem er dazu Fragen stellen könnte. Es gab so viele Priester im Vatikan, jeden Ranges, jeder theologischen Couleur; nur wer für sein Problem geeignet war, darauf fand er keine Antwort. Doch dann fiel ihm Monsignore Sistrum, der wortkarge Priester aus der Vatikanischen

Bibliothek, ein. Monsignore Sistrum, er kannte nur diesen Spitznamen, denn er hatte eine unangenehm misstönende Stimme. Vielleicht war er deshalb so schweigsam oder wegen der unübersehbaren Bücherflut in der Bibliothek.

Marcello fasste sein Problem und die Zacharias-Theorie in einem Brief zusammen und suchte den Monsignore auf.

Dieser schaute auf, nahm den Brief entgegen und wies ihm durch Nicken einen Platz zu. Der Priester ließ sich Zeit mit der Lektüre, dann legte er den Brief sorgsam vor sich auf den Schreibtisch, um mit einem langen Blick Marcellos Gesicht zu erforschen. Schließlich nahm er ein Blatt Papier und schrieb einen Satz auf: „Komm morgen wieder, ich möchte nachdenken."

Monsignore Sistrum war auch in schriftlicher Form kurz angebunden.

Als er ihn am folgenden Tag wieder aufsuchte, schob ihm der Priester einen neuen Zettel zu. „Ist die Stille in dir oder umgibt sie dich?"

Ratlos schaute ihn Marcello an. Monsignore Sistrum wedelte mit der Hand und seine Lippen formten die Worte: „Denk nach!"

Am Abend in der Sistina schlug er die Hände vor das Gesicht. Er war verzweifelt, aber er wollte die Stille erforschen. Langsam, schleichend, mit lähmender Macht schien die Stille den Kreis um ihn enger zu ziehen, als wollte sie ihn ersticken. In ihm tobte es. Es schien wie finstere Gewalt, der er sich zu erwehren suchte. Gedanken schossen durch seinen Kopf. Erinnerungen, Zukunftsängste, Bilder Carlottas, das Museum, die Ärzte, der Papst, Giovanni als kleines Kind, sein Kollege Luigi, Monsignore Sistrum, seine Wohnung, die Fresken Michelangelos und und und. Sein Atem ging stoßweise, als wäre er gerannt.

„Die Stille ist wie ein Berg aus Federn", schrieb er. „Eine Welt aus weißem Flanell, die mich zu ersticken droht. Alles in mir bäumt sich dagegen auf. Alles schreit dagegen an."

Monsignore Sistrum schwieg lange. Dann schraubte er seinen Füllfederhalter auf. „Wehre dich nicht. Schreib auf, was für Gedanken und Bilder auf dich einströmen. Schreib alles auf und lege es beiseite."

Tag um Tag kämpfte er mit sich, mit der Stille, mit den Gedanken. „Zacharias", dachte er, „hast du das auch erlebt?" Er schaute in die Bibel, aber der Text schwieg dazu. Zacharias war stumm wie der Text. Das einzige, was ihm auffiel, war, dass dort nichts von Taubheit stand. Zacharias war nur stumm gewesen.

Carlotta schlich misstrauisch um ihn herum, als sie entdeckte, dass er die Bibel las. Er sah, dass sie telefonierte, wahrscheinlich mit Giovanni. Immerhin beendete sie die Milchkur, mit der sie ihn zu heilen versucht hatte. Er bekam jetzt Espresso. Vielleicht musste er sich nicht beruhigen, sondern die Lebensgeister wecken.

Er schob die störende Außenwelt von sich und ergab sich der Stille; sie hatte seinen Aufruhr besiegt. Sieben Tage vergingen, bevor er wieder die Vatikanische Bibliothek aufsuchte.

„Die Stille ist wie ein endloses Feld von metertiefem Neuschnee. Ich möchte mich hineinwerfen, darin versinken und schlafen, endlos schlafen", schrieb er.

Fast ungehalten tippte der Monsignore mit dem Füller auf die Unterlage, bevor er schrieb: „Löse dich von deinen Träumen, von deinen Wünschen und von deinen Sehnsüchten", stand in gnadenlos exakter Schrift auf dem Papier. „Die Stille Gottes ist keine Droge."

Marcello wollte aufbegehren. „Ist es denn Gottes Stille?“, dachte er. Aber er biss nur die Zähne zusammen.

Wieder vergingen Tage, in denen er die Sistina besuchte und sich von Carlottas Espresso aufputschen ließ. Er nahm ab, hatte Ringe unter den Augen und schlief kaum noch.

„Die Stille ist mir zum Spiegel geworden, gleißend und hart. Ohne Gnade sehe ich mich, wie ich bin.“

Monsignore Sistrum ging um seinen Tisch herum und legte ihm die Hand auf die Schulter. Marcello schluckte. „Ich kann nicht mehr“, formten seine Lippen tonlos.

„Ist der Spiegel ohne Gnade – oder ist es dein Blick auf dich selbst?“

Erschöpft schrieb Marcello nur ein Wort: „Beides.“

Der Monsignore strich das Wort mit einem dicken Strich durch. „Ungnade ist immer in uns selbst. Wir selbst sprechen uns das Urteil. ‚Seid stille und erkennt, dass ich Gott bin‘, schreibt der Psalmist. Du hast in die Stille, den Spiegel Gottes geschaut, jetzt schau auf. Wir müssen in der Tiefe sein, bevor wir aufschauen können.“ Seine Hand zögerte einen Moment. „Lies Psalm 62 und schau auf!“

Marcello saß in der Sistina und las: „Meine Seele ist stille zu Gott, der mir hilft.“ Er hatte den Text inzwischen so oft gelesen, dass er ihn fast auswendig konnte. Seine Bibellektüre hatten die Sorgen Carlottas weiter vergrößert. Gut, Giovanni war Priester, für ihn gehörte es sich, die Bibel zu lesen. Aber für einen Museumswärter fand sie es gefährlich. Marcello sah, wie sie auf ihn einredete, und er war fast froh, dass er sie nicht hören konnte. Als ihr Wortschwall in seiner Stille versickert war, schenkte sie ihm Grappa ein, vielleicht würde ihn der Alkohol wieder normal werden lassen.

„Stille. Meine Seele ist stille zu Gott.“ Stille war kein Vakuum, sie war nicht das Fehlen von Geräuschen. Stille war etwas. Stille hatte eine Richtung. Marcello hatte die Stille als eine Anrede erfahren, zuerst unerträglich, zuletzt unverzichtbar. „Meine Seele ist stille zu Gott. Meine Stille ist die Antwort auf seine Stille. Seine Stille macht meine erst möglich.“ Er schrieb diesen Gedanken für Monsignore Sistrum auf.

Der Monsignore lächelte und schrieb, dass das Wort „Stille“ im Deutschen eine zusätzliche Bedeutung habe. Eine Mutter, die ihr Kind säugt, „stillt“ es.

Marcello dachte einen Moment darüber nach und nickte. „Ich dürste“, schrieb er, „und mein Verlangen wird gestillt. Dennoch trinke ich weiter und werde erneut erfüllt und dürste weiter. Ein Kreislauf von Verlangen und Erfüllung.“

Er zögerte, dann beschrieb er einen neuen Zettel. „Und gleichzeitig die Angst. Nicht meine, ich sehe die Angst meiner Frau, ich spüre ihre Blicke, die mich voll Sorge verfolgen. Am liebsten würde sie mir den Austausch mit Ihnen verbieten. Wird es so bleiben? Kann ich ihr etwas von dem, was ich erlebe, mitteilen, es wirklich mit ihr teilen? Morgen ist der 3. Advent. Sie fürchtet die Feiertage, die Festlichkeiten, das Glück, das wir so nicht mehr haben.“

Erneut schrieb der Monsignore: „Schau auf!“

Und Marcello schaute auf zu den Bildern der Sistina. Sie waren schon immer dort gewesen, ein bunter Strudel von Leibern. Etwas, was man immer sieht, sieht man gar nicht. Michelangelos Fresken waren für ihn ein buntes Muster gewesen, eine kostbare Tapete, die von den Leuten bestaunt wurde. Wenn er jetzt abends allein in der Sistina saß, schaute er zu dem Getümmel unter der Decke und zum Jüngsten Gericht an der Altarwand. Durch ein Opernglas musterte er die Figuren und stutzte eines Tages. Langsam bewegte er sich durch die Kapelle. Sein Blick glitt über die vergrößerten Gestalten der Propheten und Sibyllen. Sie lasen, sie blickten, sie zeigten, aber keiner von ihnen sprach. Alle verharrten in Stille. Bei Jesaja hatte er den Eindruck, er wolle anheben zu reden. Als atme er ein, bevor das Wort seine Lippen verlassen würde. Über dem Eingang entdeckte er seinen Leidensgenossen Zacharias, der in einem Buch las.

Von der Altarwand bis zum Eingang sah er die Erschaffung der Welt und das Anwachsen der Sünde auf Erden. Der Beginn der Schöpfung stieß an das Jüngste Gericht hinter dem Altar. Anfang und Ende der Zeit berührten sich. Und was war am Anfang der Zeit, bevor Gott sprach und schuf? Was würde am Ende der Zeit sein? Er wurde sich ganz sicher: die Stille Gottes. Selbst das Gericht vollzog sich in Schweigen. Die Toten standen ohne einen Laut auf. Ihre geöffneten Münder schienen nur einzuatmen und zu staunen. Die Seligen scharten sich still um Christus. Einzig die Gottlosen schienen zu stöhnen, und Engel bliesen in der Mitte die apokalyptischen Posaunen. Aber das schien das gewaltige Schweigen des Endes nur zu unterstreichen. Michelangelos einzigartige Fresken umhüllten die Stille Gottes.

Vor Aufregung zitternd lief Marcello zur Vatikanischen Bibliothek und zerrte den erstaunten Monsignore mit sich. Zettel um Zettel beschrieb er und wies auf die Bilder. Die Freude der Erkenntnis steckte den Priester an. Erschöpft saßen sie nebeneinander und wiesen sich gegenseitig auf Details der Bilder hin.

Zwanzig Minuten verstrichen, bis Marcello wieder zum Stift griff. „Was ist mit Christus?“

Der Monsignore hob fragend die Brauen.

„Warum kommt Christus in diesem riesigen Freskenzyklus nur einmal vor und dann als Weltenrichter?“

Monsignore Sistrum überlegte einen Augenblick, bevor er schrieb: „Dort steht der Altar. Dort feiern wir die Messe und gedenken der Kreuzigung Christi. Das Scheitern Gottes am Kreuz war öffentlich und laut. Alle haben es gesehen. Gott ist tot. Die Auferstehung geschah in der Stille. Niemand hat sie gesehen. Und nur wenige sahen den Auferstandenen. Genauso die Menschwerdung Gottes, keiner weiß Genaues. Die Evangelisten berichten äußerst unterschiedlich darüber. Beides sind Mysterien, die in das Schweigen Gottes gehüllt sind.“

Marcello nickte. Und wieder überließen sich die beiden der Stille der Sistina.

Plötzlich öffnete sich eine Tür und Kardinal Tateo hastete in die Kapelle. Wie angewurzelt blieb er stehen.

„Nicht schon wieder!“, rief er, als er die beiden erkannte. „Geht, geht!“ Er wedelte mit den Armen. „Seine Heiligkeit kommt.“

Der Monsignore sprang auf und zog Marcello so schnell mit sich, dass alle Zettel zu Boden fielen.

Als sich der Papst vom Gebet erhob, wies er fragend auf die Zettel. Tateo hob zu einer wortreichen Erklärung an, aber der Papst schnitt ihm das Wort ab. Er befahl ihm, die Zettel aufzuheben. Dann setzte er sich hin und las.

Zwei Tage später verbrachte Marcello wieder die Nacht in der Sistina. Erst im Morgengrauen verließ er sie, um nach Hause zu gehen. Als er auf den Petersplatz trat, hörte er die Glocken Roms. Sie verkündeten die Geburt Christi. Dann hörte er einen Linienbus, der um die Arkaden des Platzes fuhr, die schlurfenden Schritte einer alten Nonne, das Wasser der beiden Brunnen, die Tauben und schließlich sein eigenes Lachen.

So wie in diesem Jahr hatte er Weihnachten noch nie gefeiert. Nach den Feiertagen trat er seinen Dienst wieder an. Wie früher stand er nun Tag für Tag in der Sistina, aber es war anders geworden.

„Silenzio!", rief er, aber er sprach das Wort wie den Kosenamen einer Geliebten aus.

Jürgen Werth

4'33

„RUHE BITTE! RUHE!" Der Moderator des klassischen Konzerts im piekfeinen Konzertsaal von Harvard konnte das Zischeln und Tuscheln im Publikum kaum noch eindämmen. Schwarzgefrackt und abendgekleidet warteten die 426 zahlenden Besucher nun schon seit dreieinhalb Minuten darauf, dass es endlich losging.

Zu einer Premiere waren sie gekommen. Ein neues Klavierstück des amerikanischen Komponisten John Cage sollte an diesem Abend uraufgeführt werden. Der Titel klang merkwürdig. Aber das war man bei John Cage gewöhnt. 4'33. Ein Datum in der Geschichte? Eine Ortsbestimmung? Eine Zeitangabe?

Viele John-Cage-Fans waren gekommen. Gespannt, was der Meister sich diesmal ausgedacht hatte. Der Meister der musikalischen Avantgarde, der immer für eine Überraschung gut war.

Aber es waren auch andere im Saal. Freunde klassischer Musik schlechthin. Abonnenten der kompletten Konzertsaison, die sich doch eher auf das restliche Angebot des Abends freuten und den neuen Cage eher zu ertragen als zu genießen gedachten. Die Werke für „präpariertes Klavier" waren ihnen noch in nicht allzu guter Erinnerung. Und seiner Vorliebe, Alltagsgeräusche in das einzubeziehen, was er Musik nannte, konnten sie so gar nichts abgewinnen.

Aber es ging so gar nicht los. Obwohl der Pianist, David Tudor, schon vor, na inzwischen über vier Minuten an seinem Flügel Platz genommen hatte. Ein Schwächeanfall? Ein Herzinfarkt gar? Zitterten seine Finger? Oder hatte er am Ende seine Noten vergessen?

„Ruhe bitte! Ruhe!" Noch einmal gab der Moderator stimmlich alles.

Als sich David Tudor plötzlich und völlig unerwartet von seinem Klavierhocker erhob und – sich vor dem Publikum verneigte.

Das war nun gänzlich irritiert.

Zunächst.

Bis, ja – bis die ersten verstanden und zaghaft zu klatschen begannen.

4'33 – das war ein neuer Geniestreich des genialen John Cage. 4'33 – das waren vier Minuten und 33 Sekunden – nichts!

Das heißt, nein, nicht nichts. 4'33 – das waren vier Minuten und 33 Sekunden Stille. Schweigen. Ruhe.

„Ruhe bitte! Ruhe!“ Der Moderator hatte das Thema des Stücks in Worte gefasst. Ungewollt vermutlich. Doch seine beinahe verzweifelten Zwischenrufe gingen mit manchem Konzertbesucher nach Hause.

Auch mit Peter und Susan Wylie. Als sie ein paar Wochen später daheim unterm Weihnachtsbaum saßen, waren sie sich einig: Dieses Nicht-Klavierstück, dieses Stück Nicht-Musik, Nicht-Klang war für sie das schönste Geschenk des Jahres gewesen. 4 Minuten und 33 Sekunden Stille. Schweigen. Ruhe.

Und sie dachten schmunzelnd, dass man dieses herrliche Stück Musik ja mit allen denkbaren Instrumenten – nicht – spielen könnte. Auf einer Panflöte zum Beispiel. Oder auf einem Xylophon. Man müsste das Instrument nicht einmal beherrschen. Und sie stellten sich die nächste Geburtstagsparty vor. „Ich spiele euch heute Abend ein Stück von John Cage auf einer mittelalterlichen Leier.“ Na, das würde ein familiengeschichtliches Ereignis!

Heute Abend aber beschlossen sie nur, ein stilles Weihnachtslied – nicht – anzustimmen: „Stille Nacht, heilige Nacht.“ Ohne Worte und ohne Töne. Die Nachbarn könnten zwar hinterher behaupten, es wäre überhaupt nicht gesungen worden an diesem Abend im Haus der Wylies. Doch was hatten sie schon verstanden!

Susan Wylie erzählte später, ihr sei das Wunder der Weih-Nacht in diesem stillen Lied ganz neu nahe gekommen. Während des Nicht-Singens nämlich habe sie sie beinahe sinnlich vernommen, die Chöre der Himmlischen Heerscharen: „Euch ist heute der Heiland geboren, welcher ist Christus, der Herr!“

Ihr war in der Stille der Heiland geboren.

Und sie beschloss, sich immer wieder solche vier Minuten und 33 Sekunden zu schenken. Sich selbst und anderen. Und das nicht nur zur Weihnachtszeit.

Andreas Malessa

Chorprobe der himmlischen Heerscharen

„RUHE BITTE! RUHE!" Erzengel Gabriel, Dirigent und Arrangeur der himmlischen Engelschöre, musste mit dem Taktstock mehrmals aufs Notenpult klopfen. Die Heerscharen in Weiß und Gold raschelten mit den Flügeln, kicherten nervös und waren ungewöhnlich aufgeregt.

Verständlicherweise: In wenigen Minuten würde etwas passieren, was seit Jahrtausenden sehnsüchtig erwartet wurde. Das unbegreifliche Wunder: Gott selbst kommt als Mensch in die Welt. Der „Messias" Jesus, der Erlöser vom Bösen. Der Versöhner und Heilbringer, der wird heute Nacht als normales menschliches Baby von einer jungen Frau geboren werden!

Gleich wird die hauchdünne Trennwand zwischen Raum-und-Zeit der Menschenwelt und Unendlichkeit-und-Ewigkeit des Himmels für einen Moment aufreißen – und sie, die Engel, werden für normale Menschenaugen und Menschenohren zu sehen und zu hören sein!

So etwas verursacht selbst im „höheren Chor" Lampenfieber, und so schnattern Sänger und Instrumentalisten lebhaft durcheinander.

„Ruhe, Menschenskinder nochmal!“, rief Gabriel entnervt. Aber da lachten alle noch lauter – denn das waren sie ja nicht. Das sollte Gott erst werden: ein Menschenkind.

„Also, ich habe aus den vielen prophetischen Ankündigungen des Retters Jesus, aus Psalmen und aus Jesaja-Texten folgenden Zweizeiler formuliert“, sagte der Dirigent und errötete etwas (wie fast alle, die ein eigenes Gedicht vorlesen sollen):

„Ehre sei Gott in der Höhe – und Friede auf Erden den Menschen seines Wohlgefallens.“

Es folgte eine bewundernde Stille.

„Das wird ein Hit!“, dachte ein kirchengeschichtlich weitsichtiger Engel in der dritten Reihe begeistert. „Die ersten Nachfolger Jesu und viele Passanten auf der Straße werden es jubelnd rufen, wenn Jesus auf einem Esel nach Jerusalem einzieht.“

Gabriel räusperte sich vernehmlich. „Hmhm. Diesen Chartbreaker, äh, ich meine Lobgesang, müsst ihr allerdings ohne Dirigent aufführen, weil ich erst einmal alleine den Hirten auf dem Feld erscheine, mit einem Soloprogramm. Und dann kommt ihr nach.“

„Klar“, schmunzelte ein Bass hinten zu sich selbst, „wenn wir mit der geballten himmlischen Herrlichkeitspower über den Hirten auftauchen, dann ist ihr Schrecken größer als ihre Freude!“ Und laut sagte er: „Gabriel! Selbst wenn du alleine zu ihnen gehst, sag ihnen erstmal: ‚Fürchtet euch nicht! Siehe, ich verkündige euch große Freude!‘ Sonst geraten die bloß in Panik und Hektik, so wie 2000 Jahre später die Konsumsklaven in der Vorweihnachtszeit. Betone die Freude, hörst du?!“

„Moment mal“, rief eine Harfenspielerin aus dem Orchester dazwischen. „Ich hör immer *Hirten.* Das soll unser Publikum sein? Humtata-Mitklatscher vom Musikantenstadl? Warum schmettern wir diesen herrlichen Gesang von der majestätischen Ehre Gottes und von seiner gnädigen Versöhnung nicht in den Jerusalemer Königspalast? Oder gestalten eine erhabene Mitternachtsmesse im Tempel?“

„Genau!“, kreischte eine Sopranstimme ganz unengelhaft zur Bestätigung. „Ich soll die kostbare Botschaft vom Frieden Gottes tatsächlich in, in … in die lärmende Wuseligkeit überfüllter Basarstraßen und rauchiger Gasthäuser hineinsingen? In den Kommerzrummel der Märkte? Und in den Gestank von Schaf- und Ziegenherden?! Also, nein!“ Und dabei rümpfte sie ihre eigentlich sehr hübsche Nase.

„Hirten!“, empörte sich die Harfenspielerin weiter, „die ziehen doch Tieren und Menschen das Fell über die Ohren. Die haben zurzeit ein so niedriges Sozialprestige, dass sie vor Gericht gar nicht als Zeugen zugelassen sind. Ausgerechnet die Unglaubwürdigsten einer Gesellschaft sollen dann unsere gute Nachricht weitersagen? Na toll!“

„Und außerdem“, ergänzte die vornehme Sopranistin, „werden sie intellektuell gar nicht mit dem Wunder der Menschwerdung Gottes fertig!“

Chorleiter Gabriels sprichwörtliche Engelsgeduld wurde so kurz vor dem Fest wahrhaft kräftig strapaziert. „Ehre sei Gott in der Höhe“, sagte er mit fester Stimme – und sofort ebbte der Geräuschpegel ab – „das bedeutet doch keinen Glamour im irdischen Sinne. Gottes Majestät dürft ihr auch bitteschön nicht mit menschlichem Imponiergehabe, mit Angeberei und Gegockel verwechseln. Der Ruhm des Höchsten, der hat nichts mit Publizität und Popularität zu tun. Mit ‚Ehre, Herrlichkeit, Majestät' und so weiter ist *Gottes Wesen* gemeint. Und da Gott wesensmäßig *Liebe* ist, da seine *Gnade* so weit reicht wie unser unendlicher Himmel hier – deshalb will er ja gerade zu den kleinen Unbekannten, den schlicht Gestrickten und zu denen, die ihr Geld im Freien verdienen. Gott demonstriert heute Nacht doch die Aufwertung der Verachteten! Wir singen heute von Gottes Wertschätzung für die Armen! Versteht ihr? Kleinkarierte Verhältnisse – große Freude! Gottes *Macht* …", und bei diesem gewaltigen Begriff wurde es noch einmal mucksmäuschenstill im Chor, „Gottes Macht zwingt ja niemanden zu Boden, sondern richtet ihn auf, macht hängende Köpfe zuversichtlich und gebeugte Rücken gerade. Überlegt doch mal: Gott kommt heute als Baby auf die Welt. Ein Neugeborenes, das ist klein, zerbrechlich, wehrlos, ohnmächtig. Es ist den Erwachsenen völlig ausgeliefert. Aber gerade das ist die Macht des Kindes: Es appelliert an unsere Menschlichkeit, eben weil es so ohnmächtig ist. Es mobilisiert unser Mitgefühl und unsere aktive Fürsorge, eben weil es so ausgeliefert ist. Wer ein Herz im Leibe hat, empfindet Liebe für ein Baby. Das wird auch, pardon, klobigen Klötzen wie den Hirten so gehen. Außerdem hat Gott nicht nur unendliche Liebe und Gnade für uns; er hat auch Humor: Ausgerechnet die wenig angesehenen Hirten sollen seine Botschaft weitertragen, jawoll!"

„Das wird ein Prinzip werden …", schmunzelte der kirchengeschichtlich weitblickende Engel in der dritten Reihe wieder. „Die Nachricht von der Auferstehung zum Beispiel wird Gott ausgerechnet von zwei Frauen weitertragen lassen, die ja in ihrer Zeit vor Gericht auch nicht als Zeugen zugelassen sind. Noch nicht. Hmhm. Und die Ausbreitung der frühen Christengemeinden wird unter Sklaven in Antiochien und Hafenarbeitern in Korinth am stärksten sein. Und ein körperlich kranker Missionar wird aus dem Knast einen Brief an die Gemeinden in Philippi schreiben – und im zweiten Kapitel ein wunderschönes Lied von diesem ‚Abstieg Gottes aus Liebe', von diesem ‚gnädigen Herunterkommen' dichten."

Gabriel räusperte sich wieder. „Und was das intellektuelle Niveau unserer Zuhörer angeht, verehrte Sopranistin: Die Menschen werden mit dem Geheimnis der Menschwerdung Gottes *nie* fertig werden. Auch die Schlauesten nicht. Aber wenn sie im Glauben anfangen, wenn sie sich auf die Socken machen und Jesus suchen, dann werden sie ihn tatsächlich finden. Bei einer himmlisch schönen Musik. Bei einem Gespräch auf der Arbeit. Nachts über einem Buch. In der Bibel. Bei einem Gespräch mit Freunden, bei einem Gottesdienst. Die Menschen können ab jetzt Jesus überall begegnen – im unscheinbaren Stall, in den miefigen vier Wänden. Das Äußere ist nicht wichtig. Die Symbole der Majestät und Herrlichkeit Gottes sind nicht Krone und Zepter, sondern Windeln und Krippe. *Dort* könnt ihr ihn finden, werde ich gleich den Hirten sagen. Die Erhabenheit unseres himmlischen Lichts, der Glanz, die Schönheit und die Harmonie unseres Engelgesangs, das alles erlischt ja schnell. Bald bedeckt die Männer der ganz normale Nachthimmel, die Kälte des Winters und die soziale Kälte ihrer Zeit. Deshalb schicke ich sie zu Jesus. Zum Licht. Zur Wärme. Zur begreifbaren und anschaulichen Liebe Gottes. Und …"

„Und doch", unterbrach ihn der kirchengeschichtlich

weitsichtige Engel in der dritten Reihe, „und doch werden die Menschen jahrtausendelang immer um diese Jahreszeit alles zusammentragen, was sie an unseren Auftritt erinnert: Kerzen und Sterne, Baumschmuck und Lichterketten, Engelattrappen und Rauschgoldlametta. Je heller sie ihre Schaufenster und Straßen erleuchten, umso finsterer schauen dabei manche aus den Augen. Dabei könnten sie 365 Tage im Jahr an der Krippe stehen und ihre geistigen und geistlichen, ihre emotionalen und sozialen Dunkelheiten ans Licht bringen. Ganz ohne Angst vor Bloßstellung. Vorwürfe, Verletztheiten, Lügen, Gleichgültigkeit, Untreue, Hass, Traumata – *alles* würde Gottes vergebende, gnädige Liebe ihnen abnehmen. Wenn sie Vertrauen hätten, dass Jesus tatsächlich *ihretwegen* auf die Welt gekommen ist."

„Danke", sagte Gabriel und schaute in die strahlend helle Runde der himmlischen Heerscharen hinein. „Ich hoffe, der Gesangstext ist klar, die Umstände unseres Konzertes auch?" Sein Taktstock zitterte dabei ein wenig vor Erregung.

„Na ja …" Zögernd meldete sich ein Tenor. „Und was ist mit der zweiten Zeile: Friede auf Erden den Menschen seines Wohlgefallens? Heißt das, nur die Menschen, an denen Gott Gefallen hat, weil sie Jesus annehmen, nur die werden Frieden bekommen in ihrem Leben? Ich meine, wenn das so ist, dann sollten wir wirklich lieber gleich im Tempel auftreten. Oder nur den strengen frommen Mönchen im Wüstenkloster Qumran erscheinen!"

„Oh nein, danke für den Hinweis", seufzte Erzengel Gabriel und raufte sich das volle Engelhaar, „dieser Friede Gottes ist für alle Menschen gedacht und gewollt. Wir könnten auch singen: Friede allen Menschen, denen Gottes Wohlwollen gilt. Leider werden sich aber nicht alle davon beschenken lassen. Und lieber weiterwurschteln in Gleichgültigkeit gegen Gott, Streit und Hass und Gewalt gegeneinander und im Widerstreit mit sich selbst. Bis zum Zerbruch von Familien, bis zu Gewalt in der Sexualität, bis zu Kapitalverbrechen und Bürgerkrieg kann das führen, dass Menschen dieses Geschenk des Friedens rigoros ablehnen."

„Obwohl sie sich sonst alljährlich um diese Zeit jeden nur erdenklichen Scheiß schenken lassen!", brummte der kirchengeschichtlich prophetische Chorist in der dritten Reihe – was ihm den strengen Blick von Gabriel einbrachte.

„Nur weil das leider so ist", fuhr der fort, „ereignet sich der Friede Gottes oft nur im kleinen Kreis der Frommen. Ursprünglich gedacht ist er aber für alle – und heute Nacht, ab jetzt und für immer, bekommt jeder Mensch die Gelegenheit, diesen Frieden Gottes und sein Wohlgefallen anzunehmen. Was positiverweise dazu führen wird, dass sehr unterschiedlich Glaubende gemeinsam vor Jesus stehen werden ..."

„Heyhey!", gluckste der Vorausschauer dazwischen, „ich stelle mir gerade die drei reichen, superschlauen Astrophysiker aus Babylonien vor, edel gekleidet wie Könige, wie sie direkt neben den lumpigen, verschwitzten Hirten an der Krippe knien!"

„Jaja, ist ja gut!", Gabriel wurde etwas ungehalten, „also, sehr unterschiedlich geprägte Menschen werden gemeinsam im Frieden miteinander leben können, weil ..."

Der Ärmste wurde schon wieder unterbrochen.

„Und wieso dann ‚Ehre *sei* Gott in der Höhe – und

Friede auf Erden den Menschen seines Wohlgefallens'? Was soll der Konjunktiv? Frommer Wunsch oder was?" Die Harfenspielerin war erstaunlich keck für einen Engel.

„Unsinn!" Gabriels Stimme wurde scharf. „Ich meine damit: So soll es sein! Und zwar genau in dieser Reihenfolge. Als logische Konsequenz: Wer Gott Ehre machen will, wer Gott danken und loben will, tut das am besten damit, dass er den Menschen Frieden vorlebt, dass er Frieden stiftet. *Erst* die Anerkennung Gottes, *dann* die Versöhnung und Vergebung, der Friedensschluss untereinander, und *dann* das Wohl aller Menschen. Ich hoffe, jetzt ist alles klar, und wir können ..."

Aber da wurde die Chorprobe, zu der es ja noch gar nicht gekommen war, jäh unterbrochen.

Der Himmel riss auf. Dem ganzen Ensemble wurde der Boden unter den Füßen weggezogen. Die pechschwarze Kälte einer palästinensischen Winternacht schlug den Sängerinnen und Sängern entgegen.

Gabriel stand tief unten zwischen dem zusammengeflochtenen Dornengestrüpp und den notdürftig gezimmerten Weidezäunen und rief dauernd: „Fürchtet euch nicht. Fürchtet euch nicht. Ich verkündige euch große Freude. *Freude* – kapiert?!"

Aber unter den irdischen Verhältnissen klang sein wundervoller Bariton wie ein rollender Donner von einem Horizont zum anderen. Die Harfenspielerin freute sich unbändig, eben nicht in einer weihevollen Krönungsmesse im Tempel zu spielen, sondern vor verdutzten Hirten auf einem nächtlichen Open-Air-Festival umsonst und draußen.

Der Tenor memorierte noch schnell die Reihenfolge:

„Ehre Gottes – Friede auf Erden – allen Menschen gilt Gottes Wohlgefallen“; die kiebige Sopranistin jubilierte im Sturzflug so himmlische Tonkaskaden, dass alle Nachtigallen des Nahen Osten schlagartig verstummten, und der kirchengeschichtlich weitsichtige Chorist aus der dritten Reihe, der kritzelte den wunderbar kurzen Liedtext auf einen Zettel: „Ehre sei Gott in der Höhe! Friede auf Erden! Euch ist heute der Heiland geboren: Christus, der Herr. In Windeln, in einer Krippe im Stall.“ Er lächelte. „Falls mal irgendein Arzt oder Evangelist das Ganze aufschreiben will“, dachte er beim Landeanflug, „sicher ist sicher.“

Und dann – dann wurde alles so aufgeführt, wie wir es seit mehr als 2000 Jahren in der Weihnachtsgeschichte des Lukas lesen. Millionen Menschen sind seither Jesus begegnet. In dem Moment, in dem sie Gottes Geschenk bewusst und willentlich annahmen: Liebe. Begnadigung. Versöhnung.

Karin Stoletzky

Ich lag in tiefster Todesnacht …

„Ruhe, bitte Ruhe!“, flehte Schwester Anne beschwörend. Keiner schien die kleine, rundliche Frau richtig zu beachten.

Die Geschwister zischten sich gegenseitig Bissigkeiten zu. „Wenn du denkst, du kannst nach all den Jahren hier auftauchen und dich aufspielen, hast du dich geschnitten!“, kreischte Jutta fast hysterisch und fuchtelte vor der Nase ihres Bruders Hans mit dem erhobenen Zeigefinger. „Ich hab mich um Vater gekümmert, all die Jahre, und das war weiß Gott nicht einfach! Meine Herren Brüder sind ja auswärts, da bleibt alles an mir hängen. Und glaubt mir, der alte Herr war weiß Gott keine reine Freude in den letzten Jahren! Rechthaberisch, eigensinnig – aber das musstest du ja nicht aushalten!“

„Ich habe getan, was ich konnte“, konterte der Bruder wütend.

„Ruhe, bitte! Seien Sie doch etwas leiser! Ihr Vater stirbt, und Sie streiten sich!“ Etwas schuldbewusst sahen die Geschwister sie an, aber die Wut war zu groß. Sie wurden zwar leiser, aber stritten sich in gedämpftem Ton doch weiter.

Schwester Anne mochte nicht mehr zuhören. Sie setzte sich wieder und nahm die Hand des alten Mannes, der mit rasselndem Atem im Bett vor sich hin dämmerte. Schnappatmung – es würde nicht mehr lange dauern.

„Herr, hilf uns allen, aber vor allem ihm!“, betete sie stumm und wärmte seine kalten Finger in ihrer warmen

Hand. Seine Finger waren klamm und feucht, die Haut blau marmoriert. Die Lippen des leicht geöffneten Mundes zitterten leise, als wolle er etwas sagen. Schwester Anne beugte sich näher, aber bei dem Lärm der streitenden Familie um sie herum konnte sie nichts verstehen. Am liebsten hätte sie alle vor die Tür gesetzt. Aber es war nun mal seine Familie, und Anne wusste, wie lange er auf ihren Besuch gewartet hatte.

„Weihnachten sind alle da, bis Weihnachten muss ich noch durchhalten!“, hatte er oft zu ihr gesagt. So schwach und krank wie er war, hatte er sich zäh ans Leben geklammert.

Jetzt war es so weit, und auch wenn alles nicht so war, wie sie es sich für ihn erhofft hatte – sie hatten ein Recht, hier zu sein. Und es war sein Wunsch.

Sacht streichelte sie die Hand des alten Mannes und versuchte ihn mit ihrem Körper etwas von dem Krawall um ihn herum abzuschirmen.

Der alte Walter Hinze trieb durch das Meer seiner Erinnerungen. Irgendetwas störte ihn, da war viel Unruhe um ihn herum. Aber er war ein junger, stattlicher Mann und sehr verliebt. Seine Freundin hatte das schönste Haar der Welt, rotgold, und blaue Augen. Es war Krieg, aber seine Liebe machte aus allem trotzdem eine schöne Zeit. Im Traugottesdienst versprach er, für sie da zu sein – und das hatte er auch gehalten, so gut er konnte. Seine Tina war ein Gottesgeschenk, auch, wenn sie nicht nur gute Tage miteinander hatten.

Kurz darauf hielt er seinen Jungen im Arm: Hans, sein Erster. Ganz feiner, blonder Flaum auf dem winzigen Köpfchen und so winzige Finger, die sich vertrauensvoll um seinen großen legten und ihn festhielten. Wie durch Watte hörte er laute, streitende Stimmen; aber er spürte auch die sanfte Berührung einer Hand.

Es war Weihnachten, und seine kleine Tochter lag im Körbchen unter dem bunt geschmückten Weihnachtsbaum: Jutta. Ganz stolz zeigte ihr großer Bruder ihr seine Spielsachen, und die Kleine gluckste vor Vergnügen und strahlte ihn an. Der Hans und die Jutta, die hatten sich mal so sehr geliebt. Wann hatte das eigentlich aufgehört? Wann hatte er aufgehört, seine Kinder mit so viel Stolz und Glück zu betrachten, wie er es damals noch getan hatte? So vieles, was er ihnen viel zu wenig gesagt, viel zu wenig gezeigt hatte.

Weihnachten, das war für die Familie immer etwas Besonderes gewesen. Seine Tina hatte das Fest geliebt. „Uns ist heute der Heiland geboren!", hatte sie ihn an jedem Weihnachtsmorgen begrüßt, und ihr Gesicht strahlte dabei wie der Weihnachtsstern.

Er sah ihr Gesicht durch all die Jahre: ganz jung zuerst, dann älter, reifer, zuletzt ihr freundliches Runzelgesicht mit den immer noch strahlenden, blauen Augen … Wie ging noch ihr Lieblingslied? „Ich steh an deiner Krippen hier, o Jesus, du mein Leben. Ich komme, bring und schenke dir, was du mir hast gegeben. Nimm hin, hier ist mein Geist und Sinn. Herz, Seel' und Mut – nimm alles hin, nimm alles hin …"

Was war das nur für ein Lärm? Es war ihm, als würde er die Stimmen seiner Kinder hören. Sein Sohn Jens, sein Jüngster … Jetzt war wieder Heiligabend. Der kleine Jens hielt glücklich sein Holzpferd in der Hand, und seine älteren Geschwister standen mit ihrer Mutter vor dem Weihnachtsbaum und sangen. „Fröhliche Weihnacht, überall!"

Und Tina, nah an seiner Seite auf dem Weg zur Kirche. Leise sang sie, und ihre Stimme tat ihm so gut, tröstete ihn so sehr: „Ich lag in tiefster Todesnacht, du wurdest meine Sonne, die Sonne, die mir zugebracht Licht, Leben, Freud und Wonne ..."

„Ruhe, bitte!" Schwester Anne spürte die Unruhe des Sterbenden, und langsam hatte sie von dieser Familie wirklich genug. Sie war eine geduldige und eher schüchterne Person, aber was genug war, war genug. Entschlossen stand sie auf und baute sich inmitten der streitenden Geschwister auf. „Ihr Vater lebt noch. Wollen Sie sich hier weiter streiten, oder wollen Sie sich von ihm verabschieden? Wenn Sie streiten möchten, sollten Sie das vielleicht besser draußen tun!"

Und plötzlich, in die erschrockene Stille hinein, hörten alle den alten Mann leise, qualvoll, aber ganz deutlich sagen: „Ich lag in tiefster Todesnacht ..."

Jutta strich sich über das Gesicht, als wolle sie irgendetwas fortwischen, ihre Lippen begangen zu zittern. Hans und Jens sahen sich an, fast verstohlen, schuldbewusst.

„Mamas Lieblingslied", flüsterte Jutta und biss sich auf die Unterlippe.

„Meine Sonne ..." Fast nur ein Seufzen des alten Mannes, und Hans setzte sich still zum Vater und griff vorsichtig nach seiner Hand.

Schwester Anne machte Platz, und die anderen Geschwister folgten dem großen Bruder, setzten sich zum Vater, berührten ihn vorsichtig und sacht. Es war nicht nötig, irgendetwas zu sagen – sie waren eine Familie.

Christoph Zehendner

Immer noch kein Platz

„Ruhe, bitte Ruhe!“ Sichtlich entnervt wischt sich der Aufnahmeleiter den Schweiß von der Stirn, lässt sich in einen Klappstuhl fallen, fächelt nervös mit seinem Drehbuch.

„Also noch mal ganz langsam von vorne: Ihr kippt dem Esel eine Flasche Evian in seinen Bottich und lasst die Flasche demonstrativ stehen, damit die Tierschützer nicht wieder Sturm laufen. Dem Ochsen hängt ihr das Schild ‚Glückliches Rindvieh von glücklichem Bauernhof‘ um, so wie es die Landwirtschaftsministerin gefordert hat. Und dann zahlt ihr die drei Kerle aus, die wir engagiert hatten. Wir brauchen sie nicht mehr als Könige, ihr wisst ja: Die Frauenliga hat protestiert, der Verein für die Förderung junger Nachwuchsgenies und dann auch noch unser Programmdirektor, dessen Großneffe gerade die Schauspielschule besucht. Also ändern wir die Szene ab: Statt der mickrigen drei Weisen nehmen wir eine ganze Schar von jungen und alten Weisen und Weisinnen! Die kommen hier alle von links vorne durch, werfen kurz einen Blick auf die Krippe, legen im Vorbeigehen ihre Geschenke dort auf den Boden und verlassen dann so schnell wie möglich den Raum durch diese Tür hier rechts. – Alles klar?“

Maria nickt, Josef brummt, das Baby lächelt im Schlaf.

Maria flüstert ihrem Josef ins Ohr: „Ist doch ganz egal, wie viele Weisen vorbeikommen, steht doch sowieso nicht so genau in der Weihnachtsgeschichte …“

„Klappe ‚Fröhliche Weihnachten', die 83.!" – ruft der Aufnahmeleiter. Und gibt sich dabei alle erdenkliche Mühe, in diesen kurzen Satz all seine professionelle Motivierungskunst hineinzulegen, seine Schauspieler anzustacheln, sein Team zu Höchstleistungen zu treiben. Doch seine Mühe ist vergeblich.

„Was ist denn jetzt schon wieder?", schnauzt er seinen Assistenten an, der mitten in die Szene hineinplatzt.

„Die Hirten ...!", stammelt der Assistent, „ich meine, die Hirten und Hirtinnen ...! Sie wollen die lässigen Dolce-Gabana-Dreiviertelhosen aus Sackleinen nicht anziehen, die wir ihnen nach dem Einspruch der Modebranche verpasst haben. Sie sagen, das Zeug wäre unpraktisch in einem Stall, das wäre eher was für feine Pinkel ... Sie sagen ..."

„Gar nichts sagen die mehr!", brüllt der Aufnahmeleiter, dem offensichtlich gerade der Kragen geplatzt ist. „Jetzt ist Schluss. Wir haben Rücksicht auf die buddhistische Internationale genommen und einen Typen mit asiatischen Gesichtszügen ins Team geholt. Wir haben den Engeln züchtige Kleidchen ohne tiefen Ausschnitt angezogen, um den Emanzenklub nicht zu verärgern. Auf Wunsch des Einzelhandelsverbands lassen wir statt Gold, Weihrauch und Myrrhe IBM-Laptops, Nikon-Digitalkameras, PUMA-Fußbälle und Aldi-Heizdecken als Geschenke vor die Krippe werfen. Sämtliche Proteste, Einwände, Vorschläge von sämtlichen Minderheitenvertretern und Großlobbyisten haben wir berücksichtigt – drei Dutzend Engel und fast noch einmal so viele Hirten stehen auf unserer Gehaltsliste ..."

„Hirten und Hirtinnen!", ergänzt kleinlaut der Assistent. „Und dann noch die beiden, bei denen sich das Geschlecht nicht so eindeutig erkennen lässt, auf Wunsch der Lobby …"

„Von mir aus können die Männer oder Frauen sein oder beides oder gar nichts, schwarz oder weiß oder grau oder braun oder grün, spielt alles keine Rolle. Wichtig ist nur: Die sollen sich jetzt auf der Stelle den Fummel anziehen und gefälligst hierher kommen, sonst …!"

Maria nickt, Josef brummt, das Baby lächelt im Schlaf.

Und wieder flüstert Maria ihrem Josef etwas ins Ohr: „Sie haben doch etwas gelernt in den 2000 Jahren. Bei uns sind alle Menschen willkommen, ohne Ausnahme. Endlich haben sie's kapiert …"

„Also, jetzt aber: Klappe ‚Fröhliche Weihnachten', die 84.!", ruft der Aufnahmeleiter, und die Zuversicht in seiner Stimme klingt diesmal ausgesprochen bemüht. „Meine Damen, meine Herren, verehrte Sonstige – können wir jetzt bitte endlich …!"

„Eine Mail, wir haben eine dringende Mail von unserem Sponsor bekommen!" Irgendein Wichtigtuer schwenkt ein Stück Papier, hält es dem Aufnahmeleiter unter die Nase. Stockend liest er vor: „Im Hintergrund der Krippe muss der Weihnachtsmann stehen. Roter Mantel, weißer Bart, in der Hand eine große Cola-Flasche, die er Maria anbietet …"

„Stopp, sofort aufhören!" Ein auffallend seriöser Herr mit Nadelstreifenanzug und Aktenkoffer verschafft sich in scharfem Ton Gehör. „Ich vertrete die Herren Caspar, Melchior und Balthasar. In deren Vertrag steht eindeutig, dass sie hier als die drei Weisen aus dem Morgenland eine Hauptrolle zu spielen haben. Sie können die doch nicht einfach mit so ein paar Euro abspeisen … Ich habe hier eine Eilentscheidung des Amtsgerichts …"

„Chef, hier sind zwei wichtige Vertreter der islamisch-christlich-hinduistischen Verbrüderungsunion", unterbricht der Assistent des Aufnahmeleiters. „Sie lassen sich nicht abwimmeln. Die Krippe sei eindeutig ein christliches Symbol, so wie das Kreuz oder die Kirchenglocken auch, ein Zeichen von Intoleranz und Abgrenzung, behaupten sie. Wenn dieses Symbol nicht sofort verschwindet, schalten sie den Rat für Internationale Menschenrechte ein und ..."

„*Ruhe!* Bitte geben Sie jetzt endlich Ruhe. Alle!" Der Aufnahmeleiter kann nur noch flüstern. Er ist aufgesprungen, sein starrer Blick macht allen am Set klar: Jetzt wird es ernst. Der Aufnahmeleiter räuspert sich, dann versucht er ein Machtwort:

„Hier – pas – siert – nur – noch – das – was – ich – sage", beginnt er leise, aber deutlich, und betont dabei jede einzelne Silbe.

„Der Weihnachtsmann mit der Flasche stellt sich *dort*hin, direkt neben Maria. Die zusätzlichen drei Weisen kommen mit den anderen hier durch und werfen ihre Geschenke zwischen die Säcke mit den Lego-Steinen und den Stapel mit den Computerspielen. Und die Krippe ..."

Die Stirn des Aufnahmeleiters legt sich in Falten, seine Finger trommeln auf der Lehne seines Stuhls. „Die Krippe ..."

Nach endlos langen Sekunden huscht ein Leuchten über sein Gesicht, mutig spricht er die rettende Idee aus: „Und die Krippe stellen wir einfach raus, hinter den Stall. Hier drin ist's ohnehin schon zu eng, das Baby könnte Platzangst kriegen oder zu wenig Luft. Also raus damit. Und weil ja jetzt wohl wirklich alle Unklarheiten restlos beseitigt sind, fangen wir endlich an. Klappe ‚Fröhliche Weihnachten', die 85. Und Action!"

Maria nickt, Josef brummt, das Baby lächelt im Schlaf weiter – irgendwo draußen, außerhalb des Stalls, von niemandem zu sehen.

Die Schauspieler tun angestrengt genau das, was der Aufnahmeleiter ihnen aufgetragen hat. Heerscharen von Hirten und Weisen und Engeln jeglichen Geschlechts kommen und gehen. Mit der fröhlichen Melodie von „Rudolph the red nose raindeer" auf den Lippen, türmen sie Geschenke in Haufen auf und verschwinden dann wieder hinter den Kulissen.

„Ergreifend! Wunderbar!", seufzt der Aufnahmeleiter, schnäuzt sich gerührt die Nase und badet in Weihnachtsstimmung. In seinem linken Auge glänzt eine winzige Träne der Rührung.

Da wendet sich der sonst so schweigsame Josef mit unbewegtem Gesicht zu seiner Maria. Diesmal flüstert er: „Und sie haben *doch* nichts gelernt. Alles ist wie damals: Sie haben einfach keinen Platz für ihn."

Katrin Schäder

An der Wurzel gepackt

„Ruhe bitte! Ruhe!“ Thomas fasste sich mit der rechten Hand reichlich theatralisch, wie seine neben ihm sitzende Frau fand, an den Kopf.

„Thomas, du weißt doch, wie Autofahren die Kinder immer nervt. Bald haben wir's doch geschafft!“

„Bald?!“ Thomas verdrehte die Augen und sah zu seiner Frau neben sich.

„Sieh auf die Straße!“, mahnte Carola.

„Frühestens in drei Stunden! Sieh dir doch mal diese Schnecke vor mir an! Liegt da ein Kaugummi auf der Straße, oder warum fährt der nicht ein bisschen schneller! Kann der nicht woanders parken als ausgerechnet auf der Autobahn vor mir?“

„Sei doch nicht immer gleich so aggressiv!“, knurrte Carola vorwurfsvoll. „Von wem lernen die Kinder denn dauernd diese Ausdrücke?“

„Von mir nicht!“, stellte Thomas klar. „Bestimmt aus dem Kindergarten!“

Wie zum Beweis urteilte sein Fünfjähriger, Benjamin, hinter ihm gerade, dem auf der Gegenspur vorbeiziehenden A4 nachsehend: „Geiles Gerät, oder?“

„Jaaa“, kam es belehrend von Mirjam, die neben ihm saß, „aber wir dürfen das Wort nicht sagen!“ Mit ihren sechseinhalb Jahren kam sie sich deutlich überlegen vor und ließ das ihren Bruder öfter spüren, als ihm lieb sein konnte.

Benjamin ließ sich nicht beirren und zog stattdessen seinen Gameboy aus der Tasche. Nervtötendes Gepiepe ertönte, unterbrochen von Benjamins verhaltenem „Sch...!"

„Benjamin! Was habe ich da gerade gehört!" Carola drehte sich zu ihrem Sprössling um. „Was hatten wir vereinbart?"

„Jahaaa, Mama ...", kam es wieder gedehnt von hinten. „Aber wenn ich doch einfach nicht auf die blöde zweite Ebene komme ...!"

„*Ich* komme gleich, und zwar nach hinten, wenn hier nicht gleich Stille ist! Ruhe, zum Kuckuck noch mal!" Thomas sah stur geradeaus auf die Fahrbahn, mit einem konzentrierten Gesicht.

Zu konzentriert, fand Carola. Aber na ja, stressige Autofahrten – wer fand die schon schön! Und dann noch mit Kindern, die sich langweilten. Alle Spiele, die sie kannte – von „Wer sieht als Erster ein blaues Auto?" bis „Aus welcher Stadt kommt der vor uns wohl?" – hatten sie schon gespielt. Sie waren austreten gewesen, hatten die Landschaft bewundert, ihren Besuch bei den Großeltern, von dem sie gerade zurückkamen, noch einmal durchgesprochen ... Nun gingen selbst ihr die Ideen aus.

Die Autobahn zog sich endlos. Und anscheinend hatten sich tatsächlich ihre Mit-Autofahrer gegen sie verschworen: Aus unerfindlichen Gründen ging es nur sehr schleppend voran. Kein Wunder, dass Thomas so genervt war. Das konnte ein netter Nachmittag werden! Und das zu den Weihnachtsfeiertagen, wo doch angeblich alles Harmonie und Frieden zu sein hatte.

„Friede auf Erden! Haha!", dachte Carola böse. „Natürlich, die drei Weisen waren ja auch nicht auf der Autobahn gekommen! Sonst hätten sie spätestens am Frankfurter Kreuz festgesessen!"

„Aua!“ Thomas hatte es fast unhörbar in seinen Bart gemurmelt und fasste sich unmerklich an die rechte Wange. Carola, die gerade resigniert aus dem Fenster gesehen hatte, sah zu ihm herüber. „Ist was? Hast du was gesagt?“

„Nein!“, quetschte Thomas hervor.

„Doch, Papa! Du hast ‚Aua‘ gesagt!“, meldete Mirjam. „Ich habe es genau gehört!“

„Tut dir was weh, Papa?“, erkundigte sich Benjamin, ohne vom Display seines Gameboys aufzusehen. Offensichtlich ging es ihm eher um den unterhalterischen als um den sozialen Wert des Gesagten.

„Wirklich, Thomas! Du hast doch was!“ Carola sah ihren Mann schräg von der Seite an. Irgendwas stimmte nicht. Schon den ganzen Tag nicht. „Du bist schon seit heute Mittag so komisch. Dabei hat Mutti extra dein Lieblingsessen gekocht! Und du hast nur einen halben Kloß gegessen. Und von der Roulade fast gar nichts!“

Carola sah ihren Mann erwartungsvoll an. Es kam keine Antwort. Mit dem Instinkt der erfahrenen Ehefrau fragte sie dann nach einer Weile: „Thomas?“

„Was denn?“, knurrte der unleidlich.

„Hast du etwa Zahnschmerzen?“

„Hhm.“

„Was ‚hhm‘? Hast du oder hast du nicht?“

„Ich habe!“, kam es widerwillig vom Fahrersitz. „Der Backenzahn oben rechts … Ich habe das Gefühl, mir fällt gleich die ganze Gesichtshälfte ab!“

„Waaas, das Rad fällt gleich ab?“, kam es äußerst interessiert von Benjamin.

„Ruhe!“, befahl diesmal Carola. „Papa geht es nicht so gut, und deshalb seid ihr jetzt bitte so still, wie ihr könnt. Ist das klar?“

„Papa geht es nicht gut?“ Miriam tat betont mütterlich. „Ist doch kein Problem! Dann beten wir, und dann wird schon alles gut. Jesus hilft ihm bestimmt. Ist doch sein Geburtstag!“

„Ja, schon ...“ Carola wollte den Glaubenseifer ihrer Tochter keineswegs dämpfen. Doch ein kleiner Hinweis auf Wurzelvereiterungen, Feiertagsdienste der Zahnärzte und die Gesundheitsreform schien ihr zunächst angebracht. Doch dann dachte sie bei sich: „Wieso eigentlich? Natürlich kann Jesus!“

„Du hast Recht, Mirjam!“, sagte sie. „Wir beten. Aber leise, damit es Vati nicht beim Fahren stört!“ Und das taten sie.

Kaum war das Gebet zu Ende, wurde Thomas von zwei Stimme aus der hinteren Reihe bestürmt: „Na, Vati, schon besser?“

„Nein!“ Thomas brüllte es fast. „Ihr geht mir alle drei auf den Sender, damit ihr's wisst! Lasst mich in Ruhe!“

Eingeschüchtertes Schweigen folgte diesem Ausbruch. Es zog sich beinahe die nächste Stunde hin. Carolas leises Angebot „Soll ich vielleicht fahren?“, war durch ein genervtes Kopfschütteln abgewiesen worden.

Endlich, endlich waren sie zu Hause! Die Koffer hochtragen, das Auto in die Garage ... Ach nein, doch nicht! Sicher mussten sie doch gleich zum Notarzt!

Schon hing Carola am Telefon. Sie wählte eine Nummer, legte wieder auf, wählte eine zweite ... Dann lächelte sie geheimnisvoll, sagte aber nichts.

„Komm, Thomas!“, sagte sie energisch. „Wir fahren jetzt zum Zahnarzt!“

„Jetzt?“ Thomas stöhnte verzweifelt. „Wer weiß, welcher Heini jetzt Dienst hat! Und was der mit mir macht!“

Doch Carola ließ sich nicht beirren, gab den Kindern noch einige überdeutliche Verhaltensregeln und zog ihren Mann zum Auto.

Minuten später waren sie in einer modernen Praxis angekommen, in der schon überall Licht brannte. Der Arzt war noch nicht zu sehen. Doch dann kamen Schritte aus einem Nebenraum. Thomas' Augen wurden groß wie Suppenteller: „Du?"

„Thomas?", sagte der Arzt, genauso überrascht. „Komisch, ohne Bibel in der Hand hätte ich dich fast nicht erkannt!"

„Wenn ich gewusst hätte, dass du Zahnarzt bist ...!", seufzte Thomas und lachte.

Und Carola setzte den Satz in Gedanken fort.

„Aber ich kenne dich ja nur vom Männergebetskreis!", meinte Thomas erklärend.

„Tja, so kann's gehen!", sagte Dr. Sondermann, hakte Thomas unter und zog ihn Richtung Behandlungszimmer. „Amen!"

Und „Amen!", sagte auch Carola.

Albrecht Gralle

Ruhe wie ein weißes Tuch

RUHE LAG WIE ein weißes Tuch über den Häusern der Stadt, denn es schneite, und der Neuschnee sah aus wie eine Bettdecke, die die Stadt zum Schlafen einlud.

Philipp hatte die Lampen ausgeschaltet, stand im dunklen Wohnzimmer vor einem Fenster und blickte nach draußen in die glitzernde Stille.

Noch waren die Räumfahrzeuge nicht durch die Stadt gefahren, sodass die Straßen unberührt dalagen und ebenfalls auszuruhen schienen. Und noch war der Schnee auf den Dächern nicht ins Rutschen gekommen, sodass die Häuser weiße Schlafmützen trugen, aus denen die Schornsteine wie kleine Verzierungen herausragten.

Der Eindruck der völligen Ruhe war so stark, dass es Philipp vorkam, als lägen die Häuser im Tiefschlaf und atmeten langsam ein und aus.

Er sah auf seine Uhr: 23.20 Uhr. Zeit, ins Bett zu gehen. Aber er konnte sich von dieser gewaltigen Schneeruhe nicht losreißen. Und so öffnete er die Glastür, die zur Terrasse führte, und trat einen Schritt nach draußen.

Kalte, feuchte Luft umfing ihn. Es tat gut, den Schneegeruch einzuatmen, der nach frischer Wäsche roch, nach längst vergangenen Schneeballschlachten aus Eis und Schweiß und nach etwas, das man nicht erklären konnte. Vielleicht nach Polarluft?

Die Scheinwerfer eines Autos zuckten kurz über die Häuserwände, und das Brummen eines Motors war zu hören. Aber es klang seltsam gedämpft und nahe, als sei die ganze Stadt in ein großes Wohnzimmer mit weichen Teppichen verwandelt worden und als säßen die Leute in der Straße dicht gedrängt auf einer riesigen Couch.

Von weither rauschte ein Zug vorbei. Und diesmal hörte sich sein Rattern sogar lauter an als sonst. Der Schnee hatte die gewohnten Geräusche und Entfernungen durcheinander gebracht und eine neuartige, erfrischende Stille geschaffen.

Philipp spürte, wie die Kälte seine Schultern erfasste. Aber anstatt nach drinnen zu gehen, die Tür zu schließen und sich aufzuwärmen, zog er den Mantel an und trat wieder auf die verschneite Terrasse, sogar noch einen Schritt weiter hinaus, und blieb verzaubert stehen. Im Lichtkegel einer Straßenlaterne sah er die Flocken wie Mehl durch die Luft wirbeln, und auf seinen Händen spürte er die kühlen, leichten Berührungen des Winters.

Und langsam, als gäbe es einen inneren Zusammenhang zwischen Schnee und Seele, fielen mit den kalten Flocken von ihm die Dinge der täglichen Routine ab. Es kam ihm vor, als rutschten sie von seinen Schultern und plumpsten in den Schnee: Termine, die erledigt werden mussten, ein unangenehmes Telefongespräch, das ihn nicht losließ, die Aufgaben, die er heute nicht geschafft hatte …

Fast sah er die Alltagslasten vor sich, wie sie im Schnee versanken und von den wirbelnden Flocken zugedeckt wurden: eine Uhr, einen Telefonhörer, den Terminkalender. Vom Winter verweht. Und seine Schultern strafften sich.

Er blickte nach oben. Über ihm waren die Schneewolken aufgerissen, und dahinter zeigte sich ein schwarzer Himmel, der übersät war mit funkelnden Lichtern.

Schweigend sahen sie auf Philipp herab, und er stellte sich vor, wenn nur jeder Planet und jede Sonne einen kleinen, winzigen Ton von sich geben könnte, dann würde über seinem Kopf ein gewaltiger Akkord durch die Nacht brausen.

Und wer weiß? Vielleicht gab es das ja auch. Hatte er nicht erst neulich gelesen, dass die Erde sich unmerklich rhythmisch zusammenziehen und ausdehnen würde und einen tiefen Summton abgab, der für Menschen nicht zu hören war?

Vielleicht hatte ja tatsächlich jeder Planet und hatte jede Sonne einen eigenen Ton – und niemand hatte diese Musik bisher gehört. Nur einmal hatte der Himmel hörbar zu singen begonnen, als statt der Schneeflocken Engel die Luft erfüllten und ihre Musik die Nacht berauschte.

Und selbst dann hatten es nicht alle Menschen mitbekommen, nur ein paar einfache Hirten mit ihren Schafen.

Was für eine Nacht musste das gewesen sein, dachte Philipp und beobachtete seinen Atem, der als weiße Fahne in den Himmel stieg.

Der Gott des Himmels und der Erde, den sonst niemand sehen durfte, ohne zu sterben, verdichtete sich zu einem Säugling, zeigte sein Gesicht und gab sich hilflos in die Hände der Menschen. Alle Vorstellungen über Gott zerbrachen wimmernd in diesem Stall. Und zwischen den Scherben lag das Kind.

Eine seltene Feierlichkeit legte sich über Philipps sorgenfreien Nacken wie ein kostbarer, wärmender Schal. Und er ahnte, dass alles seitdem einen tiefen Sinn hatte, auch die scheinbar nebensächlichsten Dinge: das Schreien eines Kindes, das Schnauben eines Esels, die abgearbeiteten Hände eines Hirten.

Was wäre aber, überlegte Philipp weiter, wenn auch seine eigenen, kleinen Alltagsdinge in tiefere Zusammenhänge eingebettet waren, tiefer als er dachte?

Hatte nicht dieses Kind später einmal gesagt, als es erwachsen war, dass selbst die Haare auf unserem Kopf gezählt sind und dass also ein herabfallendes Haar beim Kämmen von der göttlichen Vorsehung wahrgenommen wurde? Was für ein Gedanke!

Das würde ja bedeuten, dass auch jetzt, während er hier stand und auf die verschneite Straße sah, der Himmel an diesem Augenblick Anteil nahm. Gab es dann überhaupt Einsamkeit?

Und während Philipp ein- und ausatmete, schien es ihm, als öffnete sich in ihm eine Tür, ungefähr dort, wo sein Herz schlug, und ein Strom aus purer Freude schwebte heraus. Freude darüber, dass er mit seiner ganzen Existenz wahrgenommen und geliebt wurde von diesem fernen und zugleich nahen Gott.

Und es war jetzt für Philipp vollkommen nahe liegend, fast logisch, dass er seine Arme ausbreitete und in die Nacht dreimal ein lautes „Halleluja“ hinaus schrie.

Ein paar Sekunden blieb es still, dann öffnete sich im Nachbarhaus quietschend ein Fenster. Jemand beugte sich heraus und rief: „Ruhe, bitte!“

Mathias Jeschke

Die Liebelei des Hafenlotsen

„Ruhe, bitte! Ruuuhe!" Dieser Radau in seinem eigenen Wohnzimmer war ihm entschieden zuviel. Wozu hatte er denn nun Urlaub, seinen wohlverdienten Weihnachtsurlaub, wenn nicht, um gemütlich zu Hause zu sitzen und endlich seine Ruhe zu haben. Und dann noch am Heiligen Abend. Aber nun schimpfte seine Frau mit seinem Sohn, ohne dabei mit Kraftausdrücken zu sparen. Da wunderte sie sich, woher er die immer hatte. Und seine Tochter wies den Hund mit unmissverständlichen Worten darauf hin, dass es nicht von Vorteil sei, wenn der versuche, seinen Weihnachtsknochen ausgerechnet im Flokatiteppich zu vergraben. Der Hund bellte.

Er erhob sich aus seinem Sessel und ging. Richtung Flur. Da war es auf den Brücken all der Schiffe, die er jahraus jahrein in den Hafen lotste und wieder hinaus, wirklich vergleichsweise ruhig! Die Kapitäne und die Crews der Dampfer aus aller Herren Länder achteten ihn als den, der er war: Er war derjenige, der sich hier auskannte. Dem man sich besser anvertraute, weil einen die ortsfremde Unkenntnis sonst unweigerlich auf Grund setzen würde. Er konnte sich voll auf seine Aufgabe konzentrieren. Eine Stille machte sich immer im richtigen Moment auf der Brücke bemerkbar, eine Stille, die spüren ließ: Ja, diesen Mann und seine Fähigkeiten achten wir. Diese Stille füllte den Raum um ihn herum, wie das Wasser das Hafenbecken füllte, in dem er sich besser auskannte als jeder andere sonst. Er schwamm. Das war der Moment.

Vom Flur aus nahm er die Tür in den Keller. Die Treppe hinab. Über die Stille im Wasser wussten sie am besten Bescheid. Sollte doch die ganze Familie samt Hund eine Beute der Lärmwelt werden. Jetzt war Weihnachten. Sein Urlaub. Wohlverdient.

Nicht mit ihm! So nicht. Die da oben wollten es ja nicht anders. Es machte ihnen wahrscheinlich sogar noch Spaß.

Aber zum Glück hatte er seinen Raum hier unter Deck. Da oben verstanden sie ihn nicht, aber die hier unten, die wussten, wonach er suchte. Die hatten es gefunden. Er öffnete die Tür. Das leise Blubbern der Sauerstoffzufuhr schaltete er immer als Erstes aus, wenn er hier herunterkam. Er setzte sich vor das große Wasserbecken. Die Beleuchtung des Aquariums war die einzige Lichtquelle im Raum. Was ihm besonders gefiel, war, dass jedes dieser wunderbaren kleinen Geschöpfe den Anfangsbuchstaben des Wortes Stille geradezu verkörperte.

Oben wurde die Tür zum Keller geöffnet. Irgendjemand kam mit Clogs die Treppe heruntergepoltert. Flaschen schlugen aneinander. Eine Tür wurde geknallt, die Clogs nahmen ihren lärmenden Weg treppauf. Noch einmal knallte eine Tür.

Er fühlte sich diesen Geschöpfen verwandt. Wie er selbst genossen sie die Ruhe, die sie umgab. So dachte er es sich.

So ging es ihm, wenn er auf der Brücke eines fremden Schiffes die Achtung spürte, die ihm entgegengebracht wurde, wenn sich dieser Raum der Stille wie ein Königsmantel um ihn legte, wenn das Gefühl zu schwimmen in ihm wuchs. Seepferdchen waren Geschöpfe der Stille.

Er liebte es, sich vor das Aquarium zu setzen und mit den Seepferdchen ein Gespräch zu beginnen. Er fühlte sich von ihnen verstanden. Und auch er selbst versuchte, die Botschaften der Seepferdchen zu verstehen. „S“, sagten sie – wie Stille und ließen ihre Luftblasen wie Gedichte über die Stille und – ja, über das Schweigen aufsteigen. Vielleicht sangen sie auch. Ein Lied von der Stille und vom Schweigen.

Da ging erneut die Tür zum Keller. Seine Frau rief seinen Namen. Oh, der Heilige Abend! Eigentlich freute er sich auch auf das Fest. Sein Lieblingsfest, mitten im Winter. Wenn es geschneit hatte, war alles so schön still. Die Geräusche nahmen dann ab. Und seine Familie mochte er ja auch, so war es ja nicht. Er schaltete die Sauerstoffzufuhr wieder an.

„Wer entscheidet, wessen Geschöpf wir sind?“, fragte er sich, als er die Tür zu seinem Kellerraum schloss. Auf die Geschenke freute er sich noch immer wie ein Kind. Oben sangen sie schon. Plötzlich blieb er mitten auf der Kellertreppe stehen. – Seine Familie sang: „Stille Nacht, heilige Nacht“.

Hanna Ahrens

Ein ganz besonderes Geschenk

RUHE BITTE, RUHE! Ja, wer wünschte sich das nicht in der Vorweihnachtszeit. Aber wie sollte ich zur Ruhe kommen?

Ich war viel unterwegs, jeden Tag in einer anderen Stadt, irgendwo zwischen Hamburg, Bremen und Hannover, eingeladen zu Adventsveranstaltungen in Gemeinden und Landfrauenvereinen. Dazu kamen die eigenen Weihnachtsvorbereitungen, Krankenbesuche und die ganz normale Hausarbeit. Dazu auch noch der Telefonanruf von Micha, unserem Sohn, aus Dresden. Er wollte nur sagen, worüber er und seine Frau Judith sich zu Weihnachten freuen würden – falls er sich das wünschen dürfte und ich Zeit dafür hätte:

Es sei nichts weiter als eine Krippe ... eine von mir gemachte. Solch eine, wie wir sie zu Hause hätten, mit all den Tonfiguren, einem richtigen Stall aus Holz mit Grasdach, mit Schafen und Eseln.

„Ja. Gern ... Ich seh mal, ob ich's schaffe. Ich hätte an diesem Wochenende ja zwei freie Tage ..."

Und während ich so zögerte und überlegte und redete, sah ich die Hirten und Könige, Schafe und Engel und natürlich das winzig kleine, im Schlaf lächelnde Krippenkind schon vor mir.

Kaum war das Telefon aufgelegt, packte ich für alle Fälle schon mal einige meiner Plaka-Farben und Pinsel zusammen und schrieb auf meinen Einkaufszettel: „Sechs Rollen Bastel-Ton (Blume 2000)". Von nun an fiel alles andere – die sonst übliche Hektik – von mir ab.

Gleich am nächsten Morgen: ein eiliges Frühstück. Dann setzte ich mich an den großen Tisch und begann mit dem Kneten und Formen.

Erst kam Maria, dann Josef, der ihr zärtlich die Hand auf die Schulter legte, beide ausgerichtet auf das Kind in einem Futtertrog. Um sie herum die Weisen und die Hirten mit ihren Schafen. Der Esel geriet etwas zu groß; er konnte das Maultier sein, auf dem Maria gesessen hatte. Jede Figur hatte ihren eigenen Ausdruck. Einer der Weisen sang. Ich glaube, sein Lied hieß: „Ich steh' an deiner Krippen hier, o Jesu, du mein Leben. Ich komme, bring und schenke dir, was du mir hast gegeben. Nimm hin, es ist mein Geist und Sinn. Herz, Seel' und Mut – nimm alles hin und lass dir's wohlgefallen."

Und während ich ihm zuhörte, wurde es auch mein Weihnachtslied. „Nimm alles hin …"

Der andere Weise in prächtigem Gewand schenkte dem Kind seine Krone, die er vom Kopf genommen hatte. Und der Dritte brachte wirklich Gold (einen Pyrit-Goldstein), Weihrauch (von einer Kreuzfahrt nach Oman hatte ich noch ein paar Stücke) und Myrrhe.

Der kleine Hirte, der als Erster ankam, kniete direkt vor der Krippe und hielt ein winziges Lamm auf seinen Armen; es war so klein und hilflos wie das Kind und sollte ganz dicht bei ihm sein. Die älteren Hirten, der eine noch im Laufschritt, brachten Felle und Decken, die das Kind wärmen sollten. Die Schafe legten sich vor die Krippe; sie wollten ganz nahe sein und das Kind bewachen.

Als mein Mann abends von seiner Arbeit zurückkam, sagte er, als er im Flur die Jacke auszog: „Und … was du heute gemacht, den Tag über?"

„Krippenfiguren! Micha und Judith wünschen sich

eine Krippe. Und du sollst einen Stall machen, irgendwann."

Am nächsten Tag, Sonntag, habe ich die erst leicht angetrockneten Figuren bemalt: braun, blau und rot, weiß und ein wenig gelb. Matte, warme Farben. Für die Kronen der Weisen (oder waren es Könige?) nahm ich Gold und Gelb.

Während ich formte und malte, war ich ganz einbezogen in dieses wunderbare Geschehen damals in Bethlehem. „Ich komme, bring und schenke dir, was du mir hast gegeben …" Ich war einer dieser Menschen, die zur Krippe kamen mit ihrer Sehnsucht, ihrem Singen und Schenken – dem Kind in der Krippe ganz zugewandt. Ihre Weihnachtsfreude durchströmte mich und vertrieb alle Hektik.

Die Ruhe und der Frieden, die von dieser Krippenszene ausgingen, blieben bei mir – auch während der folgenden Adventsreisen.

Es gab verspätete Züge, volle Bahnhöfe, überfüllte Säle, spätes Nachhausekommen, kalte Füße … aber es war, als ob eine Hülle von Weihnachtsfreude und großer Ruhe mich umgab.

Und wenn ich nun heute die Tiere und Figuren, die Krippe und das lächelnde Kind zusammen mit dem reetgedeckten Stall einpacke, dann wünsche ich mir, dass dieser Weihnachtsfriede, der unser Herz zur Ruhe bringt, noch einmal und immer wieder von dieser Krippe ausgeht und ihre Betrachter umfängt.

Kai-Uwe Woytschak

Das Weihnachtsessen

„Ruhe bitte! Ruhe!" Gerade hatte ich die Haustür aufgeschlossen und meinen Schlüsselbund wieder in die Manteltasche gesteckt, als mir durch das Treppenhaus „Rockin' around the Christmas Tree" entgegenhallte. Sofort fühlte ich mich genervt durch diese weihnachtliche Popmusik. Noch 54 Stufen trennten mich und meine Einkaufstasche von meiner kleinen Dachgeschosswohnung, in der ich endlich mal ganz für mich allein und vor allem in Ruhe Weihnachten feiern wollte.

Mit jeder Stufe, die ich nach oben ging, wurde die Musik lauter. Aber mir war ohnehin schon klar, dass sie aus dem zweiten Stock aus der Wohnung direkt unter meiner kommen musste. Dort wohnte Silka mit ihrem Sohn Kevin. Bestimmt hatte sie gerade Feierabend gemacht und versuchte nun sich selbst und den fünfjährigen Pimpf in weihnachtliche Stimmung zu versetzen.

Ich selbst hatte mir noch schnell, bevor die Geschäfte an Heiligabend schließen, alles besorgt, was ein Student fürs Überleben so braucht: ein paar Fertigmenüs, Rotwein, eine gefrorene Sahnetorte und ein halbes Pfund Kaffee. Außerdem Gummibärchen und Kartoffelchips. Jetzt konnte es Weihnachten werden! Zum ersten Mal seit 23 Jahren ohne Eltern, ohne Christbaum, ohne Rinderrouladen mit Klößen und Rotkraut. Ich wollte einfach nur lesen, leise Musik hören, die Christmette besuchen und am ersten Weihnachtsfeiertag eine lange Wanderung unternehmen.

Einfach alles mal ganz anders als sonst! Das war für mich als 23-Jährigen etwas wahrhaft Revolutionäres.

Aber noch bevor ich, im Dachgeschoss angekommen, die Einkaufstasche auspacken konnte, klingelte es an meiner Wohnungstür. Herr Stupnitzki von ganz unten, ein netter älterer Mann, hatte mitbekommen, dass ich diesmal kurz vor Weihnachten offenbar nicht in Richtung Elternhaus abgefahren war. Deshalb würde er sich freuen, wenn ich gegen 17 Uhr zu ihm zum Abendessen kommen würde. Silka und Kevin und der Herr Blaschke aus dem ersten Stock hätten auch schon zugesagt.

Ich war zu überrascht, um mir eine Ausrede einfallen zu lassen. Und so mag es einige Stunden später für einen fremden Beobachter ausgesehen haben, als ob Herr Stupnitzki seine drei erwachsenen Kinder und seinen Enkelsohn Kevin bei sich zu Besuch gehabt hätte. Mit dem entscheidenden Unterschied, dass wir uns alle nur sehr flüchtig kannten. Aber das änderte sich an diesem Abend.

Von Herrn Stupnitzki erfuhren wir beim Abendessen (jawohl, es gab Rinderrouladen mit Klößen und Rotkraut!), dass er als Kriegswaise von einer Zirkusfamilie aufgenommen wurde und nach dem Tod seines Pflegevaters das kleine Unternehmen noch zwanzig Jahre als Zirkusdirektor fortführte. Danach sei er bis zur Rente im „Gastgewerbe" tätig gewesen. „In Wirklichkeit hat er bloß als Hilfskoch in einer Kantine gearbeitet", flüsterte mir Silka zu, als Herr Stupnitzki in die Küche ging, um die restlichen Rouladen und Klöße zu holen. Alex Blaschke grinste und fragte, als Stupnitzki gerade wieder ins Esszimmer kam: „Und wie läuft's in der Anwaltskanzlei, Silka?"

„Ja, erzählen Sie mal", bekräftigte Stupnitzki und übertönte dabei das leise gezischte „Blödmann!“, das Silka mit giftigem Blick an Alex richtete. Ich wusste, dass sie halbtags als Kassiererin in einem Supermarkt jobbte und sich ansonsten um Kevin kümmerte. Nun erfuhr ich, dass sie eigentlich Rechtsanwaltsgehilfin gelernt hatte. Lange suchte sie vergeblich nach einer festen Stelle. Dann wurde sie schwanger, und ihr Freund ließ sie im Stich. „Aber wir schlagen uns schon irgendwie durch“, sagte sie und drückte Kevin, der auf dem Stuhl neben ihr saß, fest an sich. „Und du, Alex, bastelst immer noch an deinen Autos rum?“, setzte sie schnell die Fragerunde fort, um keine peinliche Pause entstehen zu lassen.

Alex war genauso alt wie ich, war Automechaniker und hatte mit ein paar Kumpels in seinem uralten VW-Bus schon halb Europa bereist. Höhepunkte jeder Reise waren offenbar die abendlichen Biergelage auf dem Campingplatz, von denen Alex nun ausgiebig berichtete. Schließlich war es an mir, die Erzählrunde zu komplettieren. Aber was gab es schon von mir zu berichten? Dass ich dreizehn Jahre die Schulbank gedrückt hatte und nun im sechsten Semester Theologie studierte, schien mir kaum erwähnenswert. Aber die anderen waren da ganz anderer Meinung! Sogar der kleine Kevin wollte von mir wissen, ob ich denn einmal Pfarrer werden wolle.

„Weiß ich noch nicht“, gab ich ehrlicherweise zur Antwort und fragte schließlich in die Runde, wer denn mit mir um 23 Uhr in die Christmette gehen würde.

Ein paar Stunden später saßen wir alle fünf nebeneinander in einer Kirchenbank: der alt gewordene Zirkusdirektor und Hilfskoch, die alleinstehende Mutter mit Kind, der trinkfeste Leichtfuß und der Theologiestudent, der eigentlich einmal ganz allein Weihnachten feiern wollte. Und als ob diese uralten Worte für mich etwas ganz Neues wären, hörte ich vorne auf der Kanzel den Pastor sagen:

„Fürchtet euch nicht! Siehe, ich verkündige euch große Freude, die *allem Volk* widerfahren wird; denn euch ist heute der Heiland geboren."

Tanja Jeschke

Was Ruhe ist

„Ruhe. Bitte Ruhe!" Piet Carlos hatte die Regie. Er wiederholte die Worte immer wieder, so lange, bis sogar der Neufundländer, der in dieser Szene mitspielte, sein nervöses Hecheln einstellte und wie ausgestopft neben Dax saß. Dax, am Tisch, ein Glas Wein in der Hand, starrte aus seinen tief liegenden Augen auf Gloria. Sie wusste, dass ihre Ehe in diesem Moment zu Ende war und dass sie hier auch nicht mehr bleiben konnte.

Piet Carlos wollte, dass man alles sehen konnte, was vorher gewesen war: Dax, Gloria, der Tisch, der Hund, das Glas Wein sollten sekundenlang unter der Wucht der Geschichte kauern. Piet Carlos wollte, dass die Kamera dann anfing zu schaukeln. Während Gloria und Dax reglos saßen, sollte die Kamera plötzlich in Bewegung geraten, schlingern bis zum nächsten Schnitt. Genau das war es, wovon er überzeugt war: dass die Veränderung von außen kommen musste.

Aber Gloria sagte: „Nein, von innen kommt sie. Ich kann in so einem Moment nicht so ruhig dasitzen wie tot. Piet, die Wut! Sie kommt von innen. Sie entscheidet! Piet, du unterschätzt diese Frau."

„Was soll sie hier entscheiden?", fragte Piet. „Du bist immer einen Schritt zu weit voraus, Gloria. Du willst immer schon die Konsequenzen ziehen, ehe du verstanden hast. Hier geht es nicht darum, dass etwas passiert, sondern darum, dass etwas passiert ist und passieren wird. Etwas, worauf die Frau keinen Einfluss hat, wird geschehen. Nur daraus, Gloria, nur daraus besteht diese Ruhe."

Die Dreharbeiten dauerten bis in die Vorweihnachtszeit hinein. In den Pausen schnappten sie alle im Innenhof des Filmstudios frische Luft. Der Himmel – nichts als ein weißer Deckel. Gloria suchte ihn ab nach etwas, ihre Zigarette im Mund wie eine Antenne nach oben gerichtet. Sie konnte sich nicht abfinden, mit Piets Vorstellungen nicht und vermutlich überhaupt mit ihrer Rolle nicht. Dabei spielte sie ausgezeichnet. Dieses „Ich-lass-es-geschehen", gegen das sie sich so wehrte – sie spielte es ausgezeichnet.

Später kam es ihnen so vor, als habe Gloria mit ihrem Spielen diesen Schnitt in ihrem Leben, der sich kurz vor Weihnachten ereignete, im Grunde vorbereitet.

Dass sie deshalb so gut war, weil sie, indem sie Piets Worte nachvollzog, Platz schaffte dafür, dass geschehen konnte, was geschah.

Dax nannte Piet später einen Verkündigungsengel.

Gloria meinte dazu nur, sie habe sich noch nie zuvor in einer Rolle so aufgelöst wie in dieser, um selbst nicht im

Wege zu stehen. Daraufhin sagte Piet: „Nichts anderes ist Ruhe."

Eine Woche vor Weihnachten erhielt Gloria die Nachricht, dass ihre Schwester und deren Mann bei einem Verkehrsunfall ums Leben gekommen waren. Gloria, die mit ihrer Schwester seit einem schweren Zerwürfnis vor Jahren keinen Kontakt mehr gehabt hatte, hörte zum ersten Mal von einem zweijährigen Sohn, ihrem Neffen, der nun kein Zuhause mehr hatte. Sie sei dann zu Tode erschrocken wie durch einen endlosen Korridor gerannt und gerannt, an verschlossenen Türen vorbei, habe nach ihrer Schwester gerufen, habe auf einmal Piets Stimme gehört: „Ruhe. Bitte Ruhe!" und sich unmittelbar in einem Raum wiedergefunden, in dem der kleine Junge allein saß. Sie sagte, sie habe ihn gesehen wie durch eine schaukelnde Kamera hindurch. Dies sei in Sekunden am Telefon noch mit ihr geschehen.

Gloria hat den Kleinen sofort zu sich geholt. Er war noch bei den letzten Dreharbeiten dabei und lief immer hinter dem Neufundländer her.

Die Szene mit Dax, Gloria, dem Weinglas und dem Hund bekam ihren letzten Schliff dadurch, dass der Hund plötzlich seine Ohren spitzte und zu dem Kind hin verdrehte, weil der Kleine hinten bei der Regie ein fröhliches Quietschen von sich gab. Die Ruhe, die Gloria jetzt vollkommen zu verstehen schien, erzitterte, und Piet verzog die Augenbrauen, hielt dann aber die rechte Hand hoch, wie er es immer macht, wenn er den Dreh laufen lassen will.

Eva Prawitt

Familienweihnacht – wie man sich's vorstellt

„Ruhe, bitte Ruhe ...", beschwörend hob Karina ihre Hände.

Aber es hatte keinen Zweck. Roland diskutierte weiter mit Tante Mathilde darüber, was gegen Kartoffelsalat mit Würstchen anstelle eines Gänsebratens spräche – statt Lukas, ihren Jüngsten, zurückzuhalten, als der vor die Terrassentür trat, um seiner Sucht zu frönen. Verärgert musste Karina mit ansehen, wie Lukas sich eine Zigarette anzündete. Seit er sich von seiner Freundin getrennt hatte, rauchte er wieder. Aber Karina hatte die ewigen Machtkämpfe längst aufgegeben. Immerhin war Lukas dreiundzwanzig.

Wenn Roland sie bloß ein bisschen unterstützt hätte! Schließlich hatten sie zusammen das Weihnachtsfest für die ganze Familie geplant. Aber kaum etwas lief so, wie Karina es sich vorgestellt hatte. Und Roland schien das noch nicht einmal zu merken.

Selbst von ihrer Mutter bekam Karina keine Rückendeckung, weder indem sie Lukas Suchtverhalten Einhalt geboten hätte, noch indem sie ihr in der Küche zur Hand gegangen wäre.

Stattdessen beugte sie sich gerade zusammen mit Luisa über ein Fotoalbum mit Familienbildern und erklärte ihr mit tränenerstickter Stimme, in welchem verwandtschaftlichen Verhältnis die Personen auf den Ablichtungen zueinander standen.

Vor nicht einmal einem halben Jahr hatten Luisa und Jonas, Karinas und Rolands ältester Sohn, geheiratet, und dieses war ihr erstes gemeinsames Weihnachtsfest im Kreis der Familie. Es war eine Muss-Heirat gewesen. Luisa war im achten Monat schwanger.

Jonas allerdings schien sich hier im elterlichen Haus immer noch ganz wie daheim zu fühlen, so, wie er sich am CD-Player zu schaffen machte. Die Musik war viel zu laut und eigentlich auch nicht besonders weihnachtlich. Aber Jonas hatte sich bloß geschüttelt, als Karina ihn gebeten hatte, die CD mit den Weihnachtsliedern einzulegen: „Kommet ihr Hirten“, „Zu Bethlehem geboren“ und „Es kommt ein Schiff geladen“. Sie verstand einfach nicht, was er gegen die schönen alten Lieder einzuwenden hatte. Und sie verstand auch nicht, warum es Weihnachten so ganz anders zugehen musste, als sie es sich vorgestellt und ausgedacht hatte. Dabei hatte sie sich doch solche Mühe gegeben!

Den ganzen Tag hatte sie damit verbracht, das Essen vorzubereiten: Gänsebraten mit Rot- und Grünkohl, dazu Kartoffeln und Klöße, Salat und zum Nachtisch Obstsalat. Zwischendrin hatte sie den Baum geschmückt und Unmengen bunter Päckchen darunter verteilt.

Dabei war ihr natürlich durchaus bewusst, dass es nicht um den Baum und die Geschenke und bei aller Mühe nicht einmal um den Gänsebraten ging. Weihnachten ging es um das Kind in der Krippe, es ging um Maria und Josef und um die Hirten, die von einem Engel aus dem Schlaf gerissen worden waren ..., von einem Engel, das muss sich mal einer vorstellen!

Während Karina am Nachmittag die Krippenfiguren auf einem extra bereitgestellten Tischchen aufgebaut hatte, war ihr der Gedanke gekommen, wie ganz und gar unmöglich diese Geschichte von Weihnachten eigentlich war. Aber sie hatte keine Zeit, diesen Gedanken weiterzuspinnen. Mitten hinein in ihre Vorbereitungen war nämlich unangemeldet Tante Mathilde geplatzt.

„Überraschung", hatte sie gerufen und war mit Koffern und Taschen und einer Tüte, so groß, dass eine Waschmaschine hineingepasst hätte, an der verdatterten Karina durch die offene Haustür ins Wohnzimmer marschiert, wo sie gleich Päckchen um Päckchen aus der Tüte gezogen und vor der hübschen kleinen Krippe aufgestapelt hatte, bis von dem Kind in der Krippe beinahe nichts mehr zu sehen war.

Sprachlos war Karina hinter ihr hergetappt.

„Aber ... was machst du denn hier!", hatte sie schließlich hervorgepresst.

Tante Mathilde wohnte in Lübeck. Und von so weit kommt man nicht bloß mal auf einen Sprung vorbei. So, wie es aussah, hatte Tante Mathilde vor, die Feiertage bei ihr und Roland zu verbringen. Dabei waren doch schon alle Betten im Haus belegt.

„Meine Kinder sind in den Süden verreist und haben ihre arme alte Mutter alleine zurück gelassen. Und wir haben uns doch schon so lange nicht mehr gesehen ... ach, und eure Schwiegertochter, die Luisa, die kenne ich auch noch nicht ... und dann wollte ich natürlich erfahren, wie es deiner Mutter geht ... jetzt, wo ihr Mann nicht mehr ..."

Lächelnd zwinkerte Mathilde sich ein paar Tränen aus den Augen, bevor sie unbekümmert abwinkte „Aber auf eine Person mehr oder weniger kommt es doch wohl nicht an, nicht wahr?"

„Meinst du!", hatte Karina gedacht und sich schon Lukas langes Gesicht ausgemalt. Denn natürlich müsste der nun sein Zimmer räumen, sein Bett der Tante zur Verfügung stellen und sich irgendwo auf dem Dachboden ein Matratzenlager zurechtbauen. Und dann die zusätzliche Bettwäsche ... und, ach, nun fehlte auf dem bereits festlich gedeckten Tisch ein Gedeck, und Karina musste alles zusammenschieben und umdekorieren. So ein Ärger aber auch ...!

Und zum Weihnachtsgottesdienst würden sie es nun auch nicht schaffen. Doch Karina hatte nur ergeben genickt und sich gefügt.

Zu allem Überfluss hatte es dann auch noch Tränen gegeben.

Als Karina mit Mutters Hilfe in der Küche die Gans tranchiert hatte, hatte Mutter zu weinen begonnen.

„Weißt du noch?“, hatte sie geschluchzt, „das hat Papa sonst immer gemacht.“

Karina hatte bloß nicken können und sich bemüht, möglichst unauffällig den dicken Kloß herunterzuschlucken, der plötzlich in ihrem Hals gesteckt hatte.

Vor wenigen Wochen war ganz plötzlich und ohne jede Vorwarnung das Herz ihres Vaters stehen geblieben. Es hatte einfach aufgehört zu schlagen. Sie hatten ihn im Garten liegend gefunden, wo er beim Laubrechen vom Tod überrascht worden war. Für alle war es ein furchtbarer Schock gewesen. Doch als Karina Mutter eingeladen hatte, Weihnachten bei ihnen zu verbringen, hatte sie sich fest vorgenommen, dieses Fest nicht von der Trauer bestimmen zu lassen. Schließlich sollte Weihnachten doch entspannt und voll Freude sein.

Aber dieser Tag war miserabel verlaufen, und selbst jetzt, am Abend, kam keine rechte Weihnachtsstimmung auf.

Roland und Tante Mathilde dachten gar nicht daran, ihre Diskussion über das Weihnachtsessen einzustellen. Mutter und Luisa blätterten weiter geräuschvoll im Fotoalbum, während Jonas immer noch am CD-Player herumhantierte. Auf der Terrasse drückte Lukas gerade seine Zigarette in einer alten Untertasse aus. Frustriert blickte Karina von einem zum anderen.

Wenn mir bloß mal jemand zuhören würde, dachte sie verärgert.

Vor ihr lag aufgeschlagen die Bibel, und es war ja wohl das Mindeste, dass an Weihnachten jemand die Weihnachtsgeschichte vorlas. Wenigstens das würde sie jetzt durchziehen, wie sehr die anderen auch ihre Pläne durchkreuzten.

„Es begab sich aber zu der Zeit, dass ein Gebot von dem Kaiser Augustus ausging, dass alle Welt geschätzt würde …", begann sie.

Lukas trat ins Wohnzimmer und schlug mit einem lauten Rums die Terrassentür hinter sich zu. Demonstrativ lehnte er sich gegen die Wand. „Schade, dass er sich nicht zu uns setzt", dachte Karina. Sie seufzte. „Sieben Leute", dachte sie, „bloß sieben, die müssten doch wohl für wenigstens ein paar Minuten unter einen Hut zu bringen sein. Wer weiß, mit wie vielen es dem Kaiser Augustus gelungen war."

„Da machte sich auf auch Josef aus Galiläa …", las sie weiter, während Jonas endlich die Musik bis zu einem behaglichen Hintergrundgeplätscher zurückdrehte und sich neben Luisa setzte.

„Ein Vater wider Willen!", schoss es Karina durch den Kopf, „Alle beide, Josef genauso wie Jonas." Die Weihnachtsgeschichte war die Geschichte einer ungeplanten

Schwangerschaft. Und auch eine Geschichte von Heimatlosigkeit und Einsamkeit.

„… und sie gebar ihren ersten Sohn und wickelte ihn in Windeln und legte ihn in eine Krippe, denn sie hatten sonst keinen Raum in der Herberge …“ Verstohlen blickte Karina zu Tante Mathilde, die gerade Wein nachschenkte. Eigentlich schön, dass sie sich wie zu Hause bei uns fühlt, fand Karina.

Der Wein plätscherte gemütlich in die Gläser. Bloß Luisa legte eine Hand über ihr Glas. Mit der anderen klappte sie das Fotoalbum zu. Dann lehnte sie sich in ihrem Stuhl zurück und schloss die Augen.

„Und es waren Hirten in derselben Gegend auf dem Felde, die hüteten des Nachts ihre Herde …“, fuhr Karina fort.

Unvermittelt war es still geworden im Weihnachtszimmer. Nur Mutter schnäuzte sich, als Karina von den Engeln las, die mit ihrer Botschaft von Heil und Frieden Licht brachten.

Karina hob ihren Blick. Und da waren sie alle, ihr Mann und ihre Söhne, ihre Schwiegertochter und ihre Mutter und sogar Tante Mathilde. Und jeder von ihnen hatte auf seine Art ihre Vorstellung von Weihnachten durchkreuzt. Aber was in der Weihnachtsgeschichte entsprach schon menschlichen Vorstellungen?!

Wenn man es recht bedachte, war alles schief gelaufen, was schief laufen konnte – angefangen bei Marias ungeplanter Schwangerschaft bis hin zu der Unmöglichkeit, den Mensch gewordenen Gott in einer Krippe zu betten. Das muss sich mal einer vorstellen!

Aber vielleicht ist ja Weihnachten gerade das, was wir

uns nicht vorstellen, was nicht in unser menschliches Denken und Planen hineinpasst. Vielleicht ist Weihnachten das, was Gott mitten hinein in unsere Menschlichkeit schenkt.

Karina senkte wieder ihren Blick, um die letzten Verse der Weihnachtgeschichte zu lesen: „Ehre sei Gott in der Höhe und Friede auf Erden bei den Menschen seines Wohlgefallens."